T R A N Z L A T Y

Language is for everyone

Taal is voor iedereen

The Call of Cthulhu

De Roep van Cthulhu

H.P. Lovecraft

English
Nederlands

www.tranzlaty.com

The Horror Made of Clay
De horror gemaakt van klei

There is one thing I find particularly merciful.
Er is één ding dat ik bijzonder barmhartig vind.
The inability of the human mind to correlate events.
Het onvermogen van het menselijk brein om gebeurtenissen
met elkaar in verband te brengen.
It's a blessing that we can't understand the world.
Het is een zegen dat we de wereld niet kunnen begrijpen.
We live blissfully on a placid island of ignorance.
We leven in zaligheid op een vredig eiland van onwetendheid.
An island in the midst of black seas of infinity.
Een eiland te midden van de zwarte zeeën van de
oneindigheid.
And it was not meant that we should voyage far.
Het was niet de bedoeling dat we ver zouden reizen.
The sciences each strain in their own directions.
De wetenschappen gaan elk hun eigen richting op.
But hitherto science's findings have harmed us little.
Maar tot nu toe hebben de wetenschappelijke bevindingen ons
weinig schade berokkend.
**But some day dissociated knowledge will be pieced
together.**
Maar ooit zullen de losse stukjes kennis weer aan elkaar
worden gekoppeld.
Terrifying vistas of reality will open up to us.
Angstaanjagende vergezichten van de werkelijkheid zullen
zich voor ons openen.
And we will be left in a frightful vantage point.
En dan bevinden we ons in een angstaanjagende positie.
We will either go mad from the revelation we are given.
We zullen ofwel gek worden van de openbaring die ons wordt
gegeven.
Or we will flee from the deadly light that we will see.
Of we zullen vluchten voor het dodelijke licht dat we zullen
zien.

We will run from the knowledge we had always pursued.
We zullen vluchten voor de kennis die we altijd hebben nagestreefd.
And we will seek the peace and safety of a new dark age.
En we zullen de vrede en veiligheid van een nieuw duister tijdperk zoeken.
Theosophists have guessed at the scale of the cosmos.
Theosofen hebben een schatting gemaakt van de omvang van de kosmos.
Our world is but a transient incident in this cycle.
Onze wereld is slechts een vluchtig incident in deze cyclus.
The human race plays but a little role in the universe.
De mensheid speelt slechts een kleine rol in het universum.
The theosophists have hinted at strange methods of survival.
De theosofen hebben gehint op vreemde overlevingsmethoden.
But their suggestions would freeze a rational man's blood.
Maar hun suggesties zouden een rationeel mens de rillingen over de rug bezorgen.
Only the optimism of their ideas hides the horror.
Alleen het optimisme achter hun ideeën verhult de gruwel.
But it is not their ideas that chill me the most.
Maar het zijn niet hun ideeën die me het meest huiveren.
It is something else that fills me with terror.
Het is iets anders dat me met angst vervult.
The single glimpse of forbidden eons I have seen.
De enige glimp die ik heb opgevangen van verboden tijdperken.
When I think of what I saw my blood stands still.
Als ik terugdenk aan wat ik heb gezien, staat mijn bloed stil.
Restlessness plagues my dreams since that glimpse.
Sinds die glimp word ik in mijn dromen geplaagd door rusteloosheid.
It came to me like all dreaded glimpses of truth.
Het kwam tot me als alle gevreesde flitsen van de waarheid.
An accidental piecing together of separated things.
Een toevallige samenvoeging van losse onderdelen.

An old newspaper item and the notes of a dead professor.
Een oud krantenartikel en de aantekeningen van een
overleden professor.
In a flash everything was pieced together before me.
In een oogwenk viel alles op zijn plaats voor mijn ogen.
I hope no one else will accomplish this terrible insight.
Ik hoop dat niemand anders dit vreselijke inzicht zal bereiken.
Certainly, if I live, I shall never help anyone to know it.
Als ik blijf leven, zal ik er in ieder geval nooit iemand aan
laten denken.
I shall never knowingly supply a link in so hideous a chain.
Ik zal nooit willens en wetens een schakel vormen in zo'n
afschuwelijke keten.
I think that the professor, too, intended to keep silent.
Ik denk dat de professor ook van plan was te zwijgen.
He didn't mean to share the secrets that he knew.
Hij was niet van plan de geheimen die hij kende te delen.
And I'm sure he would have destroyed his notes.
En ik weet zeker dat hij zijn aantekeningen zou hebben
vernietigd.
If he had not been seized by sudden and suspicious death.
Als hij niet plotseling en op verdachte wijze was overleden.

***

My knowledge of the thing began in the winter of 1926-27.
Mijn kennis van de zaak begon in de winter van 1926-27.
My great-uncle was the professor George Gammell Angell.
Mijn oudoom was professor George Gammell Angell.
He was the Professor Emeritus of Semitic languages.
Hij was emeritus hoogleraar Semitische talen.
He lectured in Brown University, Providence, Rhode Island.
Hij gaf colleges aan Brown University in Providence, Rhode
Island.
His death, at the age of ninety-two, triggered the event.
Zijn dood, op 92-jarige leeftijd, was de aanleiding voor de
gebeurtenis.

He was widely known as an authority on ancient inscriptions.
Hij stond algemeen bekend als een autoriteit op het gebied van oude inscripties.
Heads of prominent museums came to him for his expertise.
Directeuren van vooraanstaande musea wendden zich tot hem voor zijn expertise.
So his death was noticed by many within academic circles.
Zijn overlijden werd dan ook door velen in academische kringen opgemerkt.
Interest was intensified by the obscurity of his death.
De onduidelijkheid rond zijn dood vergrootte de belangstelling.
It occurred as he was disembarking from the Newport boat.
Het gebeurde toen hij van de boot in Newport van boord ging.
Witnesses say a dark nautical-looking fellow had jostled him.
Getuigen zeggen dat een donkere man met een zeemansachtig uiterlijk hem had geduwd.
After being stricken, he fell suddenly, witnesses say.
Nadat hij geraakt was, viel hij plotseling neer, aldus getuigen.
Physicians were unable to find any visible disorder.
De artsen konden geen zichtbare afwijking vaststellen.
After some perplexed debate they reached their conclusion.
Na enig verward debat kwamen ze tot hun conclusie.
"It must have been a lesion of the heart," they agreed.
"Het moet een hartafwijking zijn geweest," waren ze het erover eens.
"After all, he was rather an elderly man," they added.
"Hij was immers al een behoorlijk bejaarde man," voegden ze eraan toe.
"the brisk ascent of the steep hill caused his end."
"De snelle beklimming van de steile heuvel werd hem fataal."
At the time I saw no reason to dissent from this dictum.
Destijds zag ik geen reden om van dit voorschrift af te wijken.
But latterly I am inclined to wonder about their conclusion.

Maar de laatste tijd begin ik me af te vragen of hun conclusie wel klopt.

And I do more than just wonder if they were right.

En ik vraag me niet alleen af of ze gelijk hadden.

***

My grand-uncle died alone as a childless widower.

Mijn oudoom stierf alleen als kinderloze weduwnaar.

And so I became heir and executor to his possessions.

En zo werd ik erfgenaam en executeur van zijn bezittingen.

So I was expected to go over his papers and writings.

Ik werd dus geacht zijn documenten en geschriften door te nemen.

I moved his entire set of files and boxes to my Boston home.

Ik heb al zijn dossiers en dozen naar mijn huis in Boston verhuisd.

Much of the materials I collected will later be published.

Een groot deel van het materiaal dat ik heb verzameld, zal later worden gepubliceerd.

Many academics in his field took great interest in his work.

Veel academici in zijn vakgebied toonden grote belangstelling voor zijn werk.

The American archeological society relied on him greatly.

De Amerikaanse archeologische vereniging vertrouwde sterk op hem.

But there was one box which I found exceedingly puzzling.

Maar er was één doos die ik buitengewoon raadselachtig vond.

I felt much averse from showing these files to other eyes.

Ik vond het erg vervelend om deze bestanden aan anderen te laten zien.

The box had been locked, unlike the other boxes.

De doos was, in tegenstelling tot de andere dozen, op slot.

And initially I found no key that would open this box.

En aanvankelijk vond ik geen sleutel waarmee ik deze doos kon openen.

But then the location of the key occurred to me.
Maar toen bedacht ik me waar de sleutel zich bevond.
The professor always carried a keyring in his pocket.
De professor droeg altijd een sleutelbos in zijn zak.
It was indeed one of these keys that opened the box.
Het was inderdaad een van deze sleutels waarmee de doos
werd geopend.
But in the box was a still more closely locked barrier.
Maar in de doos bevond zich een nog beter afgesloten
barrière.
What could be the meaning of the queer bas-relief?
Wat zou de betekenis van het merkwaardige bas-reliëf kunnen
zijn?
Various paper cuttings accompanied the bas-relief.
Bij het bas-reliëf waren diverse papierknipsels gevoegd.
What did the disjointed jottings and ramblings allude to?
Waar verwezen die onsamenhangende aantekeningen en
warrige gedachten naar?
Had my uncle become credulous to superficial impostures?
Was mijn oom naïef geworden en trapte hij in oppervlakkige
bedrog?
Perhaps in his later years his criticalness thought slowed.
Wellicht nam zijn kritische denkvermogen in zijn latere jaren
af.
Someone had disturbed this old man's peace of mind.
Iemand had de gemoedsrust van deze oude man verstoord.
And so I resolved to locate the eccentric sculptor.
En dus besloot ik de excentrieke beeldhouwer op te sporen.
The man who set in motion my uncle's strange obsession.
De man die de vreemde obsessie van mijn oom in gang zette.

***

The bas-relief was roughly shaped like a rectangle.
Het bas-reliëf had ruwweg de vorm van een rechthoek.
The rectangular shape was less than an inch thick.
De rechthoekige vorm was minder dan een inch dik.

And the bas-relief was about five by six inches in area.
Het bas-reliëf had een oppervlakte van ongeveer vijf bij zes
inch.
It was obvious that the bas-relief was of modern origin.
Het was duidelijk dat het bas-reliëf van moderne oorsprong
was.
The designs, however, were far from modern in atmosphere.
De ontwerpen hadden echter qua sfeer allesbehalve een
moderne uitstraling.
The inscriptions suggested a far older civilization.
De inscripties duidden op een veel oudere beschaving.
The vagaries of cubism and futurism were many and wild.
De grillen van het kubisme en het futurisme waren talrijk en
onvoorspelbaar.
But normally such patterns fail to produce regularity.
Maar dergelijke patronen leveren doorgaans geen regelmaat
op.
The cryptic regularity which lurks in prehistoric writing.
De raadselachtige regelmaat die schuilgaat in prehistorische
geschriften.
This regularity was certainly present in the bas-relief.
Deze regelmaat was zeker aanwezig in het bas-reliëf.
I was certain the inscriptions represented a writing system.
Ik was ervan overtuigd dat de inscripties een schrijfsysteem
vertegenwoordigden.
I had some familiarity with the papers of my uncle.
Ik was enigszins bekend met de documenten van mijn oom.
And I had looked through all of his collections and works.
En ik had al zijn verzamelingen en werken bekeken.
But I failed to find any writing that was similar.
Maar ik heb geen vergelijkbare teksten kunnen vinden.
I could not geographically place this alphabet in any way.
Ik kon dit alfabet op geen enkele manier geografisch plaatsen.
Nor could I guess from what time this writing came from.
Ik kon ook niet raden uit welke tijd dit geschrift stamde.
Above these apparent hieroglyphics there was a figure.

Boven deze ogenschijnlijke hiërogliefen bevond zich een figuur.

The figure was evidently only of pictorial intent.

De afbeelding was kennelijk slechts bedoeld ter illustratie.

The impressionism of the picture added to the mystery.

Het impressionistische karakter van het schilderij droeg bij aan het mysterie.

No clear idea of the creature's nature could be discerned.

De aard van het wezen was niet duidelijk vast te stellen.

The creature seemed to be a monster, of some sort.

Het wezen leek een soort monster te zijn.

Or the symbol represented a monster, of some sort.

Of het symbool stelde een soort monster voor.

Only a diseased mind could conceive of such a form.

Alleen een zieke geest zou zo'n vorm kunnen bedenken.

My imagination yielded different pictures simultaneously.

Mijn verbeelding bracht tegelijkertijd verschillende beelden voort.

But my imagination may also be somewhat extravagant.

Maar mijn verbeelding is misschien ook wel wat te extravagant.

An octopus, a dragon, and also a human caricature.

Een octopus, een draak en ook een karikatuur van een mens.

I shall try not be unfaithful to the spirit of the thing.

Ik zal proberen de geest van de zaak niet te verloochenen.

A pulpy, tentacled head surmounted a scaly body.

Een vlezige kop met tentakels torende boven een geschubd lichaam uit.

Rudimentary wings protruded from the grotesque shape.

Uit de groteske vorm staken rudimentaire vleugels.

But the shape of the monster wasn't even the worst part.

Maar de vorm van het monster was nog niet eens het ergste.

The background of the picture was even more frightening.

De achtergrond van de foto was nog angstaanjagender.

The scenery had a vague suggestion of another civilization.

Het landschap gaf vaag de indruk van een andere beschaving.

Cyclopean architecture from a forgotten part of the world.

Cyclopische architectuur uit een vergeten deel van de wereld.

***

Only some notes and press cuttings accompanied the oddity.
Het rariteitenkabinet werd slechts vergezeld door enkele
aantekeningen en krantenknipsels.
The press cuttings seemed to be only vaguely related.
De krantenknipsels leken slechts vaag met elkaar verband te
houden.
The hand written notes were all from my uncle.
De handgeschreven briefjes waren allemaal van mijn oom.
But his notes made no pretense to any literary style.
Maar zijn aantekeningen pretendeerden geen enkele literaire
stijl te hebben.
There was no ordering mechanism to any of the papers.
Er bestond geen ordeningsmechanisme voor de documenten.
**Although there seemed to be a master document to the
notes.**
Hoewel er een overkoepelend document voor de notities leek
te bestaan.
This document was ascribed to the cult of Cthulhu
Dit document werd toegeschreven aan de Cthulhu-cultus.
The word's letters had been painstakingly written out.
De letters van het woord waren met grote zorgvuldigheid
uitgeschreven.
**There should be no erroneous reading of the unheard of
word.**
Er mag geen sprake zijn van een onjuiste interpretatie van het
onbekende woord.
This Cthulhu manuscript was divided into two sections;
Dit Cthulhu-manuscript was verdeeld in twee secties;
The first manuscript was titled the following:
Het eerste manuscript had de volgende titel:
"1925 - Dream and Dream Work of H. A. Wilcox"
"1925 - Droom en droomwerk van HA Wilcox"
"7 Thomas St., Providence, Road Island"

"7 Thomas St., Providence, Road Island"
And the second manuscript was titled the following:
En het tweede manuscript had de volgende titel:
"Narrative of Inspector John R. Legrasse"
"Verhaal van inspecteur John R. Legrasse"
"121 Bienville St., New Orleans, 1908 Meetings."
"121 Bienville St., New Orleans, 1908 Vergaderingen."
"Notes on Same, & Prof. Webb's account of events"
"Aantekeningen over Same, en het verslag van professor
Webb over de gebeurtenissen"
The other manuscript papers were all brief notes.
De overige manuscripten bestonden allemaal uit korte notities.
**Some manuscripts described the queer dreams of different
persons.**
Sommige manuscripten beschreven de vreemde dromen van
verschillende personen.
**Some manuscripts cited from theosophical books and
magazines.**
Enkele manuscripten zijn afkomstig uit theosofische boeken
en tijdschriften.
Notably, most of these citations were from W. Scott-Eliott.
Opvallend is dat de meeste van deze citaten afkomstig waren
van W. Scott-Eliott.
Mainly the notes referenced Atlantis and the Lost Lemuria.
De aantekeningen verwezen voornamelijk naar Atlantis en het
verloren Lemurië.
**The other notes commented on long-surviving secret
societies.**
De andere aantekeningen gingen over lang bestaande geheime
genootschappen.
Hidden cults that may or may not still exist somewhere.
Verborgen sekten die mogelijk nog ergens bestaan, maar dat is
niet zeker.
Two books seemed to provide most of the information;
Twee boeken bleken de meeste informatie te bevatten;
Miss Murray's Witch-Cult in Western Europe.
De heksencultus van Miss Murray in West-Europa.

This book thoroughly detailed Mythological sources.
Dit boek beschrijft de mythologische bronnen zeer
gedetailleerd.
**And Frazer's Golden Bough provided anthropological
sources.**
En Frazer's Golden Bough leverde antropologische bronnen.

***

The cuttings largely alluded to outré mental illnesses.
De krantenknipsels verwezen grotendeels naar bizarre
psychische aandoeningen.
Outbreaks of group folly and mania in the spring of 1925.
Uitbraken van groepswaanzin en manie in het voorjaar van
1925.
The first half of the manuscript told a very peculiar tale.
De eerste helft van het manuscript vertelde een zeer
eigenaardig verhaal.
**1925, the 1st of March, a thin dark young man came to my
uncle.**
Op 1 maart 1925 kwam een magere, donkere jongeman naar
mijn oom.
The manuscript describes his neurotic and excited aspect.
Het manuscript beschrijft zijn neurotische en opgewonden
kant.
And he bore with him the strange bas-relief.
En hij droeg het vreemde bas-reliëf met zich mee.
At that time the bas-relief was exceedingly damp and fresh.
Destijds was het bas-reliëf buitengewoon vochtig en vers.
His card bore the name of Henry Anthony Wilcox.
Op zijn visitekaartje stond de naam Henry Anthony Wilcox.
And my uncle had slightly recognized who he was.
En mijn oom had hem enigszins herkend.
He was the youngest son of an excellent family.
Hij was de jongste zoon van een voortreffelijk gezin.
Latterly he had been studying sculpture at Rhode Island.

De laatste tijd had hij beeldhouwkunst gestudeerd in Rhode
Island.

He lived alone at the Fleur-de-Lys Building.

Hij woonde alleen in het Fleur-de-Lys-gebouw.

His residences were near the university.

Zijn woonadressen lagen vlakbij de universiteit.

Wilcox was a precocious youth of known genius.

Wilcox was een vroegrijpe jongeman met een bewezen genie.

But he was also known for his great eccentricity.

Maar hij stond ook bekend om zijn grote excentriciteit.

From childhood he had excited the attention of others.

Al van jongs af aan trok hij de aandacht van anderen.

He told of strange stories no one had told him about.

Hij vertelde vreemde verhalen die niemand hem ooit had
verteld.

And he was in the habit of relating strange dreams.

En hij had de gewoonte om vreemde dromen te vertellen.

He described himself as "psychically hypersensitive".

Hij omschreef zichzelf als "psychisch overgevoelig".

But those around him had other descriptions for him.

Maar de mensen om hem heen hadden een ander beeld van
hem.

They were staid folk of the ancient commercial city.

Het waren degelijke inwoners van de oude handelsstad.

And they dismissed him as merely strange and "queer".

En ze deden hem af als gewoon raar en "vreemd".

And so he never mingled much with his kind.

En daarom ging hij nooit veel om met mensen van zijn eigen
soort.

And he had dropped gradually from social visibility.

En hij was geleidelijk aan uit het sociale leven verdwenen.

Now he is known only to a small group of esthetes.

Nu is hij alleen nog bekend bij een kleine groep estheten.

And those who knew him came mostly from other towns.

En degenen die hem kenden, kwamen meestal uit andere
steden.

Even the Providence art club had found him quite hopeless.

Zelfs de kunstclub van Providence vond hem hopeloos.
Of course they were anxious to preserve their conservatism.
Uiteraard wilden ze hun conservatisme koste wat kost
behouden.

***

The professor's manuscript continued to describe the visit.
Het manuscript van de professor beschreef het bezoek verder.
The sculptor abruptly asked for his host's archeological knowledge.
De beeldhouwer vroeg zijn gastheer plotseling naar zijn
archeologische kennis.
He wanted him to identify the hieroglyphics on the bas-relief.
Hij wilde dat hij de hiërogliefen op het bas-reliëf zou
identificeren.
He spoke in a dreamy and rather stilted manner.
Hij sprak op een dromerige en nogal stijve manier.
His speech suggested pose and alienated sympathy.
Zijn toespraak was geaffecteerd en wekte geen sympathie op.
And my uncle showed some sharpness in his reply.
En mijn oom gaf een nogal scherp antwoord.
Because the bas-relief was still conspicuously freshness.
Omdat het bas-reliëf nog opvallend fris was.
So there was no need for any kinship with archeology.
Er was dus geen enkele behoefte aan verwantschap met
archeologie.
Young Wilcox's rejoinder was of a fantastically poetic cast.
De repliek van de jonge Wilcox was van een fantastisch
poëtische aard.
My uncle must have been impressed with the reply.
Mijn oom moet onder de indruk zijn geweest van het
antwoord.
And he recorded the reply of Wilcox verbatim.
En hij noteerde het antwoord van Wilcox woordelijk.
"The bas-relief is indeed still conspicuously fresh."

"Het bas-reliëf ziet er inderdaad nog opvallend fris uit."
"Because I made this bas-relief last night, after a dream."
"Omdat ik dit bas-reliëf gisteravond heb gemaakt, na een droom."
"A dream of strange cities and stranger people."
"Een droom over vreemde steden en nog vreemdere mensen."
"And dreams are older than brooding Tyros."
"En dromen zijn ouder dan de sombere Tyros."
"Dreams are older than the contemplative Sphinx."
"Dromen zijn ouder dan de peinzende Sfinx."
"And dreams are older than the garden-girdled Babylon."
"En dromen zijn ouder dan het door tuinen omringde Babylon."
This type of speech turned out to be characteristic of him.
Deze manier van spreken bleek kenmerkend voor hem te zijn.
It was then that he began that rambling tale.
Toen begon hij aan dat warrige verhaal.
The tale which suddenly played upon a sleeping memory.
Het verhaal dat plotseling een sluimerende herinnering weer naar boven bracht.
The tale that won the fevered interest of my uncle.
Het verhaal dat de vurige belangstelling van mijn oom wekte.

***

There had been a slight earthquake tremor the night before.
De avond ervoor was er een lichte aardbeving geweest.
The most considerable tremor New England had felt for some years.
De zwaarste aardbeving die New England in jaren had meegemaakt.
Wilcox's imagination had been keenly affected by the earthquake.
Wilcox' verbeeldingskracht was sterk beïnvloed door de aardbeving.
He had had an unprecedented dream of great Cyclopean cities.

Hij had een ongekende droom gehad over grote Cycloopsteden.

He dreamed of Titan blocks and sky-flung monoliths.

Hij droomde van Titan-blokken en door de lucht geslingerde monolieten.

All the architecture was dripping with green ooze.

Alle gebouwen waren doordrenkt met een groene, slijmerige substantie.

And his dreams were sinister with latent horror.

En zijn dromen waren onheilspellend en vol verborgen gruwel.

Hieroglyphics had covered the walls and pillars.

De muren en pilaren waren bedekt met hiërogliefen.

From somewhere underneath there came a sound.

Ergens van onderen klonk een geluid.

The sound was of a voice, but it was not a voice.

Het klonk als een stem, maar het was geen stem.

A chaotic sensation which only fancy could transmute into sound.

Een chaotisch gevoel dat alleen door de verbeelding in geluid kon worden omgezet.

He attempted to say the almost unpronounceable word.

Hij probeerde het bijna onuitspreekbare woord uit te spreken.

A jumble of unlikely letters; "Cthulhu fhtagn".

Een warboel van onwaarschijnlijke letters; "Cthulhu fhtagn".

This verbal jumble was the key to my uncle's recollection.

Deze warboel aan woorden was de sleutel tot de herinnering van mijn oom.

This strange sound excited and disturbed Professor Angell.

Dit vreemde geluid maakte professor Angell zowel opgewonden als verontrust.

He questioned the sculptor with scientific minuteness.

Hij ondervroeg de beeldhouwer met wetenschappelijke precisie.

He studied the bas-relief with almost frantic intensity.

Hij bestudeerde het bas-reliëf met een bijna koortsachtige intensiteit.

My uncle blamed his old age, Wilcox afterward said.
Mijn oom gaf zijn hoge leeftijd de schuld, zei Wilcox achteraf.
In his younger days he would have recognized the hieroglyphics.
In zijn jongere jaren zou hij de hiërogliefen hebben herkend.
The pictorial design wouldn't have puzzled his sharper mind.
Het picturale ontwerp zou zijn scherpe geest niet hebben verbaasd.
Many of his questions seemed highly out of place to his visitor.
Veel van zijn vragen leken zijn bezoeker volstrekt misplaatst.
He tried to connect him to strange mythological cults.
Hij probeerde hem in verband te brengen met vreemde mythologische culten.
He tried to get him to admit affiliation to secret societies.
Hij probeerde hem te laten toegeven dat hij lid was van geheime genootschappen.
My uncle even promised to keep his visitor's secret.
Mijn oom beloofde zelfs het geheim van zijn bezoeker te bewaren.
"Are you not part of a widespread mystical group?"
"Maak je geen deel uit van een wijdverspreide mystieke groep?"
"Are you not a member of a paganly religious body?"
"Bent u geen lid van een heidense religieuze groepering?"
Eventually he became convinced the sculptor wasn't a member.
Uiteindelijk raakte hij ervan overtuigd dat de beeldhouwer geen lid was.
He was indeed ignorant of any cult or system of cryptic lore.
Hij was inderdaad onbekend met enige vorm van sekte of systeem van geheimzinnige overlevering.
He besieged his visitor with demands for future reports of dreams.
Hij bestookte zijn bezoeker met verzoeken om in de toekomst verslag te doen van zijn dromen.

This strange request bore regular and interesting fruit.

Aan dit eigenaardige verzoek werden regelmatig interessante resultaten geboekt.

***

After the first interview the manuscript records daily calls.

Na het eerste interview worden in het manuscript de dagelijkse telefoongesprekken vastgelegd.

He related startling fragments of nocturnal imagery.

Hij vertelde over opvallende fragmenten van nachtelijke beelden.

There were always the same themes in his dreams.

In zijn dromen kwamen steeds dezelfde thema's terug.

A terrible Cyclopean vista of dark and dripping stone.

Een angstaanjagend, cyclopisch tafereel van donkere, druipende stenen.

A subterranean voice or intelligence shouting monotonously.

Een ondergrondse stem of intelligentie die monotoon schreeuwt.

Two sounds seemed to repeat themselves in his dreams.

Twee geluiden leken zich in zijn dromen te herhalen.

But these sounds were as enigmatic as the other sounds.

Maar deze geluiden waren net zo raadselachtig als de andere geluiden.

The sounds can only be rendered by the letters "Cthulhu" and "R'lyeh".

De klanken kunnen alleen worden weergegeven door de letters "Cthulhu" en "R'lyeh".

On March 23rd, the manuscript continued, Wilcox failed to come.

Op 23 maart, zo vervolgde het manuscript, kwam Wilcox niet opdagen.

My uncle made inquiries at the quarters of his whereabouts.

Mijn oom heeft navraag gedaan bij de woning waar hij zich bevond.

That night he had been stricken with an obscure sort of fever.

Die nacht was hij getroffen door een onbekende soort koorts.

And he was taken to the home of his family in Waterman Street.

En hij werd naar het huis van zijn familie in Waterman Street gebracht.

That night he had cried out in one of his dreams.

Die nacht had hij in een van zijn dromen een kreet geslaakt.

His cries aroused several other artists in the building.

Zijn kreten wekten de aandacht van verschillende andere kunstenaars in het gebouw.

And he was between alternations of unconsciousness and delirium.

Hij bevond zich afwisselend in een toestand van bewusteloosheid en delirium.

My uncle at once telephoned the family of Wilcox.

Mijn oom belde meteen de familie van Wilcox op.

And from that time forward he kept close watch of the case.

Vanaf dat moment hield hij de zaak nauwlettend in de gaten.

He called often at the Thayer Street office of Dr. Tobey.

Hij kwam vaak langs op het kantoor van dokter Tobey aan Thayer Street.

Dr. Tobey was in charge of the patient's condition.

Dr. Tobey was verantwoordelijk voor de toestand van de patiënt.

The youth's febrile mind was dwelling on strange things.

De koortsachtige geest van de jongeman dwaalde af naar vreemde dingen.

The doctor shuddered now and then as he spoke of the dreams.

De dokter huiverde zo nu en dan terwijl hij over de dromen sprak.

The dreams repeated a lot of the earlier themes.

De dromen herhaalden veel van de eerdere thema's.

But now his dreams made mention of something new.

Maar nu spraken zijn dromen over iets nieuws.

A gigantic thing "a miles high" which walked, or lumbered about.
Een gigantisch ding "mijlenhoog" dat liep of zich voortbewoog.
He at no time fully described this object in any detail.
Hij heeft dit object op geen enkel moment volledig en gedetailleerd beschreven.
But Dr. Tobey relayed the frantic words of his patient.
Maar dokter Tobey gaf de paniekerige woorden van zijn patiënt door.
And the professor became increasingly certain of what it was.
En de professor werd steeds zekerder van wat het was.
The nameless monstrosity he had sought to depict in his sculpture.
Het naamloze monster dat hij in zijn beeldhouwwerk had willen afbeelden.
The doctor had mentioned the bas-relief he had made.
De dokter had het bas-reliëf genoemd dat hij had gemaakt.
This mention preludes the young man's subsidence into lethargy.
Deze vermelding luidt het moment in waarop de jongeman in lethargie vervalt.
His temperature, oddly enough, was not greatly above normal.
Vreemd genoeg was zijn temperatuur niet veel hoger dan normaal.
But his general condition suggested he was in a fever.
Maar zijn algemene toestand wees erop dat hij koorts had.
A fever, as opposed to being in the grasp of a mental disorder.
Koorts, in tegenstelling tot een psychische stoornis.

***

On April 2nd at about 3 p.m. the fever came to an end.
Op 2 april rond 15.00 uur verdween de koorts.

Every trace of Wilcox's malady suddenly ceased.
Elk spoor van Wilcox' ziekte verdween plotseling.
He sat upright in bed as if waking up from regular sleep.
Hij ging rechtop in bed zitten, alsof hij net uit een normale
slaap ontwaakte.
He was astonished to find himself at his parents' home.
Hij was stomverbaasd toen hij zich in het huis van zijn ouders
bevond.
And he was completely ignorant of what had happened.
En hij had geen flauw benul van wat er gebeurd was.
**Neither dream nor reality had made an impression on his
mind.**
Noch dromen, noch de werkelijkheid hadden indruk op hem
gemaakt.
Dr. Tobey pronounced him fit to be dismissed from his care.
Dokter Tobey verklaarde hem geschikt om uit zijn zorg
ontslagen te worden.
And he returned to his quarters three days later.
En drie dagen later keerde hij terug naar zijn vertrekken.
But to Professor Angell he was of no further assistance.
Maar voor professor Angell was hij niet meer van nut.
**All traces of strange dreaming had vanished with his
recovery.**
Alle sporen van de vreemde dromen waren verdwenen met
zijn herstel.
**For a week he recounted irrelevant and thoroughly usual
visions.**
Een week lang vertelde hij over irrelevante en volstrekt
alledaagse visioenen.
And my uncle kept no further record of his night-thoughts.
En mijn oom hield verder geen aantekeningen bij van zijn
nachtelijke gedachten.
At this point the first part of the manuscript ended.
Hiermee eindigde het eerste deel van het manuscript.
But my research was still anything but concluded.
Maar mijn onderzoek was nog lang niet afgerond.
References to scattered notes helped piece things together.

Verwijzingen naar verspreide aantekeningen hielpen om de puzzelstukjes in elkaar te passen.

And there was more than enough material for thought.

En er was meer dan genoeg stof tot nadenken.

My distrust of the artist had still not subsided.

Mijn wantrouwen jegens de kunstenaar was nog steeds niet verdwenen.

But this was largely a result of my ingrained skepticism.

Maar dit was grotendeels het gevolg van mijn diepgewortelde scepsis.

The notes described the dreams of various persons.

De aantekeningen beschreven de dromen van verschillende personen.

These dreams all occurred while young Wilcox was in his fever.

Al deze dromen kwamen voor terwijl de jonge Wilcox koorts had.

My uncle, it seems, wasted no time in collecting the data.

Mijn oom heeft blijkbaar geen tijd verspild met het verzamelen van de gegevens.

He had quickly instituted a prodigiously far-flung body of inquiries.

Hij had in korte tijd een buitengewoon breed opgezet onderzoeksteam op gang gebracht.

Any friend that didn't show impertinence he questioned.

Iedere vriend die geen onbeschaamdheid vertoonde, werd door hem ondervraagd.

He requested from them nightly reports of their dreams.

Hij vroeg hen om elke avond verslag te doen van hun dromen.

And he asked if they had had any notable visions of late.

En hij vroeg of ze de laatste tijd nog opmerkelijke visioenen hadden gehad.

The reception of his request seems to have been varied.

De reacties op zijn verzoek lijken uiteenlopend te zijn geweest.

But there was certainly no shortage in replies.

Maar aan reacties was er zeker geen gebrek.

No ordinary man could have handled the replies alone.

Geen doorsnee mens had die antwoorden in zijn eentje
kunnen verwerken.
The original correspondences were not preserved.
De oorspronkelijke correspondentie is niet bewaard gebleven.
But his notes formed a thorough and significant digest.
Maar zijn aantekeningen vormden een grondige en
belangrijke samenvatting.

***

Initially he had approached average people in society.
Aanvankelijk richtte hij zich op gewone mensen in de
samenleving.
New England's traditional "salt of the earth".
De traditionele "zout der aarde" van New England.
But this group gave an almost completely negative result.
Maar deze groep leverde een vrijwel volledig negatief
resultaat op.
Though there were some exceptions to this group too.
Hoewel er ook op deze groep enkele uitzonderingen waren.
**Scattered cases of uneasy but formless nocturnal
impressions.**
Verspreide gevallen van ongemakkelijke maar vormloze
nachtelijke indrukken.
**Their reports were always between March 23rd and April
2nd.**
Hun rapporten werden altijd tussen 23 maart en 2 april
ingediend.
**This aligned with the same period of young Wilcox's
delirium.**
Dit viel samen met dezelfde periode waarin de jonge Wilcox
een delirium had.
Men of science had been only a little more affected.
Wetenschappers waren er slechts in geringe mate door
getroffen.
Though four cases of vague description were of interest.

Hoewel vier gevallen met een vage omschrijving wel interessant waren.

They had had fugitive glimpses of strange landscapes.

Ze hadden vluchtige glimpen opgevangen van vreemde landschappen.

And in one case a dread of something abnormal was mentioned.

En in één geval werd de vrees voor iets abnormaals genoemd.

It was from the artists and poets that the pertinent answers came.

De relevante antwoorden kwamen van de kunstenaars en dichters.

It is a blessing no one had been able to compare notes.

Het is een zegen dat niemand de gelegenheid heeft gehad om ervaringen uit te wisselen.

Panic would have broken loose had they shared their visions.

Er zou paniek zijn uitgebroken als ze hun visioenen hadden gedeeld.

This, however, did not dispel my ingrained skepticism.

Dit verdreef echter mijn diepgewortelde scepsis niet.

Others might have come to mythical conclusions much quicker.

Anderen zouden wellicht veel sneller tot mythische conclusies zijn gekomen.

But the original letters were lacking from the notes.

Maar de originele brieven ontbraken in de aantekeningen.

I half suspected the compiler of having asked leading questions.

Ik had het vermoeden dat de samensteller suggestieve vragen had gesteld.

Or perhaps the correspondences weren't entirely original.

Of misschien waren de correspondenties niet helemaal origineel.

Perhaps my uncle had resolved to confirm Wilcox's dreams.

Misschien had mijn oom zich voorgenomen de dromen van Wilcox te bevestigen.

That is why I continued to feel suspicious of the sculptor.
Daarom bleef ik wantrouwend staan tegenover de
beeldhouwer.
Perhaps he was still cognizant of my uncle's old data.
Misschien was hij zich nog steeds bewust van de oude
gegevens van mijn oom.
Perhaps he had been imposing on the veteran scientist.
Misschien had hij de ervaren wetenschapper te veel onder
druk gezet.
Nonetheless, the corroborating data had to be investigated.
Desondanks moesten de bevestigende gegevens nader worden
onderzocht.

***

The responses from the esthetes told a disturbing tale.
De reacties van de estheten vertelden een verontrustend
verhaal.
From February 28th to April 2nd their dreams aligned.
Van 28 februari tot 2 april kwamen hun dromen overeen.
**And a large proportion of them had dreamed very bizarre
things.**
En een groot deel van hen had zeer bizarre dromen gehad.
**The timing of the intensity of their dreams was also of
interest.**
Ook de timing van de intensiteit van hun dromen was
interessant.
The period of the sculptor's delirium marked a highpoint.
De periode van de waanzin van de beeldhouwer markeerde
een hoogtepunt.
**The intensity of their dreams were immeasurably the
stronger.**
De intensiteit van hun dromen was onmetelijk veel sterker.
**Over a quarter reported unfamiliar and unpronounceable
sounds.**
Ruim een kwart meldde onbekende en onuitspreekbare
geluiden.

Noises not dissimilar to what Wilcox had also described.
Geluiden die niet ongelijk waren aan wat Wilcox ook had
beschreven.
**Some described highly elaborate and impossible
architecture.**
Sommige beschreven zeer complexe en onmogelijke
architectuur.
And some of the dreamers confessed to an acute fear.
Enkele dromers bekenden een intense angst te hebben
ervaren.
Like Wilcox, they had seen some gigantic nameless thing.
Net als Wilcox hadden ze iets gigantisch en naamloos gezien.
**One case, which the note describes with emphasis, was very
sad.**
Een van de gevallen, dat in de notitie nadrukkelijk wordt
beschreven, was zeer triest.
The subject was a widely known architect of the region.
Het onderwerp was een alom bekende architect uit de regio.
He too had leanings toward theosophy and occultism.
Ook hij neigde naar theosofie en occultisme.
This man went violently insane on March the 22nd.
Deze man is op 22 maart volledig doorgedraaid en geestelijk
gestoord geraakt.
The exact same date of young Wilcox's seizure.
Precies dezelfde datum als de epileptische aanval van de jonge
Wilcox.
He expired several months later, after incessant screaming.
Hij overleed enkele maanden later, na aanhoudend
geschreeuw.
He begged to be saved from some escaped denizen of hell.
Hij smeekte om gered te worden door een ontsnapte bewoner
van de hel.
Regrettably, my uncle did not refer to these cases by name.
Helaas noemde mijn oom deze gevallen niet bij naam.
Instead, all studies were given nothing more than a number.
In plaats daarvan kregen alle onderzoeken niets meer dan een
cijfer.

This way I was limited in attempting any personal investigation.
Op deze manier werd ik beperkt in de mogelijkheden om zelf onderzoek te doen.
And corroborating the evidence further was demanding.
En het verder bevestigen van het bewijsmateriaal was een lastige klus.
But finally I did succeed in tracing down some cases.
Maar uiteindelijk is het me toch gelukt om een aantal gevallen op te sporen.
I should have trusted the notes from my uncle.
Ik had de aantekeningen van mijn oom moeten vertrouwen.
They reported their dreams true to their reports.
Ze vertelden over hun dromen, precies zoals ze die hadden beschreven.
I have often wondered what they thought the questioning meant.
Ik heb me vaak afgevraagd wat ze dachten dat de vragen inhielden.
It is for the best that no explanation shall ever reach them.
Het is maar goed dat ze nooit een verklaring zullen krijgen.

***

As I have mentioned, my uncle also collected press clippings.
Zoals ik al zei, verzamelde mijn oom ook krantenknipsels.
These press clippings corresponded to the dates in question.
Deze krantenknipsels correspondeerden met de betreffende data.
The sources were scattered throughout the globe.
De bronnen waren over de hele wereld verspreid.
Professor Angell must have employed a cutting bureau.
Professor Angell moet een knipafdeling in dienst hebben gehad.
Because the number of extracts was tremendous.
Omdat het aantal extracten enorm was.

There was a parallel to this part of his research.
Er was een parallel te trekken met dit deel van zijn onderzoek.
Cases of panic, mania, and eccentricity.
Gevallen van paniek, manie en excentriciteit.
One case was a nocturnal suicide in London.
Een van de gevallen betrof een zelfmoord 's nachts in Londen.
A lone sleeper had leaped from a window after a shocking cry.
Een eenzame slaper was na een schokkende schreeuw uit een raam gesprongen.
A rambling letter to the editor of a paper in South America.
Een warrige brief aan de redactie van een krant in Zuid-Amerika.
A fanatic deduces a dire future from visions he had had.
Een fanaticus leidt uit visioenen die hij heeft gehad een sombere toekomst af.
A dispatch from California describes a theosophist colony.
Een bericht uit Californië beschrijft een theosofische kolonie.
They donned white robes en masse for some "glorious fulfilment".
Ze trokken massaal witte gewaden aan voor een of andere "glorieuze vervulling".
Although that "glorious fulfilment" never arose.
Hoewel die "glorieuze vervulling" nooit is gekomen.
There seems to be serious unrest from the natives in India.
Er heerst blijkbaar grote onrust onder de inheemse bevolking in India.
Voodoo orgies multiplied in Haiti.
Voodoo-orgieën namen toe in Haïti.
African outposts report ominous mutterings.
Vanuit Afrikaanse buitenposten worden onheilspellende geruchten gemeld.
American officers in the Philippines find certain tribes bothersome.
Amerikaanse officieren op de Filipijnen ondervinden hinder van bepaalde stammen.
New York policemen are mobbed by hysterical Levantines.

New Yorkse politieagenten worden belaagd door hysterische
Levantijnen.
This occurred exactly on the night of March 22-23.
Dit gebeurde precies in de nacht van 22 op 23 maart.
**The west of Ireland, too, was full of wild rumor and
legendry.**
Ook in het westen van Ierland deden talloze wilde geruchten
en legendes de ronde.
**A fantastic painter named Ardois-Bonnot made the news in
France.**
Een fantastische schilder genaamd Ardois-Bonnot haalde het
nieuws in Frankrijk.
**He hung a blasphemous dream landscape in the Paris spring
salon.**
Hij hing een godslasterlijk droomlandschap op in de Parijse
voorjaarssalon.
**The recorded troubles in insane asylums were
immeasurable.**
De geregistreerde problemen in psychiatrische instellingen
waren onmetelijk.
**A miracle must have kept the medical fraternities
unsuspecting.**
Het moet een wonder zijn geweest dat de medische wereld in
het ongewisse heeft gelaten.
But they never noted the strange parallelisms of the cases.
Maar ze hebben de merkwaardige overeenkomsten tussen de
gevallen nooit opgemerkt.
Else they too would have come to mystified conclusions.
Anders zouden ook zij tot raadselachtige conclusies zijn
gekomen.
**I must confess these were indeed a set of weird paper
cuttings.**
Ik moet bekennen dat dit inderdaad een verzameling vreemde
papierknipsels was.
My uncle had put forward a convincing argument.
Mijn oom had een overtuigend argument aangevoerd.
I can't explain how I set the evidence aside.

Ik kan niet uitleggen hoe ik het bewijsmateriaal terzijde heb
geschoven.
But my callous rationalism took the upper hand.
Maar mijn gevoelloze rationalisme kreeg de overhand.
And I was still suspicious of the young sculptor, Wilcox.
En ik bleef wantrouwig tegenover de jonge beeldhouwer,
Wilcox.
**He must have known of the older matters mentioned by the
professor.**
Hij moet op de hoogte zijn geweest van de oudere zaken die
de professor noemde.

The Tale of Inspecter Legrasse
Het verhaal van inspecteur Legrasse

Let me turn your attention away from the young sculptor.
Laat me uw aandacht even afleiden van de jonge
beeldhouwer.
And let us focus on the second half of the manuscript.
Laten we ons nu concentreren op de tweede helft van het
manuscript.
A few dreams alone would not have been so significant.
Enkele dromen alleen zouden niet zo belangrijk zijn geweest.
The bas-relief could have been dismissed as a hoax.
Het bas-reliëf had als een vervalsing afgedaan kunnen
worden.
But my uncle had previously been primed to take interest.
Maar mijn oom was al eerder voorbereid om interesse te
tonen.
Wilcox's dream seemed to have a link to past events.
Wilcox' droom leek verband te houden met gebeurtenissen uit
het verleden.
It wasn't the first time that he had heard that word.
Het was niet de eerste keer dat hij dat woord hoorde.
The ominous syllables perhaps written as "Cthulhu".
De onheilspellende lettergrepen zijn wellicht geschreven als
"Cthulhu".
He had seen and heard of similar descriptions before.
Hij had al eerder soortgelijke beschrijvingen gezien en
gehoord.
The hellish outlines of the nameless monstrosity.
De helse contouren van het naamloze monster.
He had previously puzzled over the same hieroglyphics.
Hij had zich eerder al over dezelfde hiërogliefen gebogen.
All this produced a horrible connection of events.
Dit alles leidde tot een afschuwelijke opeenvolging van
gebeurtenissen.
It is no wonder he pursued young Wilcox with queries.

Het is dan ook geen wonder dat hij de jonge Wilcox bleef
bestoken met vragen.
And we must not be surprised he interrogated Wilcox so.
Het is dan ook geen verrassing dat hij Wilcox op die manier
heeft ondervraagd.
This earlier experience had come in the year of 1908.
Deze eerdere ervaring dateerde uit het jaar 1908.
Seventeen years before Wilcox came to my great-uncle.
Zeventien jaar voordat Wilcox bij mijn oudoom terechtkwam.
The archeological society were meeting in St. Louis.
De archeologische vereniging kwam bijeen in St. Louis.
Professor Angell had a prominent part in the deliberations.
Professor Angell speelde een prominente rol in de
beraadslagingen.
His responsibilities befitted one of his authority.
Zijn verantwoordelijkheden pasten bij iemand met zijn gezag.
**He was one of the first to be approached by several
outsiders.**
Hij was een van de eersten die door verschillende
buitenstaanders werd benaderd.
They took advantage of the convocation to offer questions.
Ze maakten van de gelegenheid gebruik om vragen te stellen.
They hoped for correct answering from an expert.
Ze hoopten op een correct antwoord van een expert.
They each had very peculiar types of problems.
Ze hadden elk heel bijzondere problemen.
And they required very different types of solutions.
En ze vereisten heel verschillende soorten oplossingen.
The chief of these was a common-looking middle-aged man.
De voornaamste van hen was een doorsnee uitziende man van
middelbare leeftijd.
And he quickly became the meeting's focus of interest.
En hij trok al snel alle aandacht naar zich toe tijdens de
vergadering.

***

He had traveled to St. Louis all the way from New Orleans.
Hij was helemaal vanuit New Orleans naar St. Louis gereisd.
He had come to the meeting for special information.
Hij was naar de vergadering gekomen voor specifieke
informatie.
Knowledge that could not be unobtained from local source.
Kennis die niet van een lokale bron verkregen kon worden.
His name was John Raymond Legrasse, police inspector.
Zijn naam was John Raymond Legrasse, politie-inspecteur.
He bore with him the mysterious subject of his inquiries.
Hij droeg het mysterieuze onderwerp van zijn onderzoek met
zich mee.
A grotesque and apparently very ancient stone statuette.
Een grotesk en kennelijk zeer oud stenen beeldje.
A statuette whose origin no one had been able to determine.
Een beeldje waarvan niemand de herkomst had kunnen
achterhalen.
But don't assume Inspector Legrasse was an archeologist.
Maar ga er niet van uit dat inspecteur Legrasse een archeoloog
was.
He had very little interest in archeology, nor mythology.
Hij had weinig interesse in archeologie, noch in mythologie.
**His wish for enlightenment had rather different
motivations.**
Zijn verlangen naar verlichting had heel andere motieven.
**He was prompted to come by purely professional
considerations.**
Hij werd door puur professionele overwegingen bewogen om
te komen.
The statuette had been captured as part of a police raid.
Het beeldje was buitgemaakt tijdens een politie-inval.
Although whether it was even a statuette wasn't determined.
Of het überhaupt om een beeldje ging, is echter niet
vastgesteld.
It could also have been an idol, magic fetish, or charm.
Het zou ook een afgodsbeeld, een magisch voorwerp of een
talisman kunnen zijn geweest.

Whatever it was, it had been captured some months previously.

Wat het ook was, het was enkele maanden eerder vastgelegd.

A meeting was being held in the wooded swamps of New Orleans.

Er werd een bijeenkomst gehouden in de beboste moerassen van New Orleans.

The police had been tipped of about a supposed voodoo meeting.

De politie had een tip gekregen over een vermeende voodoo-bijeenkomst.

Strange and hideous rites connected with the voodoo circle.

Vreemde en afschuwelijke rituelen die verband houden met de voodoo-kringen.

The police could not but realize what they had stumbled on.

De politie kon niet anders dan beseffen wat ze op het spoor waren.

A dark cult previously totally unknown to the authorities.

Een duistere sekte die tot dan toe volkomen onbekend was bij de autoriteiten.

Infinitely more sinister than what an outsider could expect.

Oneindig veel sinisterder dan wat een buitenstaander zou kunnen verwachten.

More diabolic than the blackest of the African voodoo circles.

Duivelser dan de zwartste voodoo-kringen van Afrika.

Unbelievable tales were extorted from the captured cult members.

Er werden ongelooflijke verhalen ontlokt aan de gevangengenomen sekteleden.

But nothing of the relic's origin could be discovered.

Maar over de herkomst van het relikwie kon niets worden achterhaald.

Hence the anxiety of the police for any antiquarian lore.

Vandaar de bezorgdheid van de politie over alles wat met oudheid te maken heeft.

Ancient mythology might explain the frightful symbol.

De oude mythologie zou het angstaanjagende symbool
kunnen verklaren.
Deeper knowledge could perhaps track the fountain-head.
Diepere kennis zou wellicht de bron kunnen achterhalen.
**Inspector Legrasse was not prepared for the excitement he
created.**
Inspecteur Legrasse was niet voorbereid op de opschudding
die hij veroorzaakte.
One sight of the mysterious object was all that was required.
Eén blik op het mysterieuze object was voldoende.
The assembled men of science were filled with curiosity.
De verzamelde wetenschappers waren vol nieuwsgierigheid.
They lost no time in crowding closely around the inspector.
Ze aarzelden geen moment en verdrongen zich dicht rond de
inspecteur.
**And they all tried to get the best look at the diminutive
figure.**
En ze probeerden allemaal een zo goed mogelijk beeld te
krijgen van het kleine figuurtje.

***

The genuinely abysmal antiquity inspired wild imagination.
De werkelijk afschuwelijke oudheid inspireerde tot een wilde
verbeelding.
**The strangeness hinted so potently at unopened and archaic
vistas.**
De vreemdheid deed zo sterk denken aan onontdekte en
archaïsche vergezichten.
**No recognized school of sculpture had animated this terrible
object.**
Geen enkele erkende beeldhouwschool had dit afschuwelijke
object tot leven gewekt.
**Yet centuries seemed recorded in the dim and greenish
surface.**
Toch leken eeuwen vastgelegd te zijn in het vage,
groenachtige oppervlak.

Perhaps thousands of years were hidden in this unplaceable stone.

Wellicht schuilen er duizenden jaren geschiedenis in deze ondefinieerbare steen.

The figurine was finally passed slowly from man to man.

Het beeldje werd uiteindelijk langzaam van man tot man doorgegeven.

Each scientist carefully studied the strange markings of the stone.

Elke wetenschapper bestudeerde nauwgezet de vreemde markeringen op de steen.

The work was between seven and eight inches in height.

Het werk was tussen de zeven en acht inch hoog.

And the exquisite artistic workmanship must be noted.

En de voortreffelijke artistieke afwerking verdient zeker vermelding.

The carvings represented a monster of vaguely anthropoid outline.

De houtsnijwerken beeldden een monster af met een vaag mensachtige vorm.

On the face of the octopus-esque head was a mass of feelers.

Op het gezicht van de octopusachtige kop zat een wirwar van voelsprieten.

Prodigious claws on hind and fore feet protruded from the body.

Aan de voor- en achterpoten staken enorme klauwen uit het lichaam.

The bloated corpulence had a rubbery looking quality to it.

De opgeblazen omvang had een rubberachtige uitstraling.

And from behind the rubbery body came out two narrow wings.

En achter het rubberachtige lichaam kwamen twee smalle vleugels tevoorschijn.

It would be instinctual to think of this thing as fearsome.

Het zou een instinctieve reactie zijn om dit als angstaanjagend te beschouwen.

There was an unnatural malignancy to the aura of the creature.

De uitstraling van het wezen had een onnatuurlijke, kwaadaardige ondertoon.

The gargantuan squatted evilly on a rectangular block.

Het gigantische wezen zat dreigend gehurkt op een rechthoekig blok.

The pedestal it was on was covered with undecipherable characters.

Het voetstuk waarop het stond, was bedekt met onleesbare tekens.

The tips of the wings touched the back edge of the block.

De uiteinden van de vleugels raakten de achterrand van het blok.

The creature was sitting on the middle of the giant block.

Het wezen zat midden op het gigantische blok.

Its legs were doubled up under its monstrous body.

Zijn poten waren opgevouwen onder zijn monsterlijke lichaam.

The long, curved claws gripped the front edge of the cliff.

De lange, gebogen klauwen grepen zich vast aan de voorrand van de klif.

The cephalopod head was bent forward, observing its kingdom.

De kop van de inktvis was naar voren gebogen, terwijl hij zijn rijk observeerde.

The ends of the facial feelers brushed the backs of huge forepaws.

De uiteinden van de voelsprieten op het gezicht streelden de rug van de enorme voorpoten.

And the forepaws clasped the croucher's elevated knees.

En de voorpoten grepen de omhooggetrokken knieën van het gehurkte dier vast.

The appearance of the grotesque scene was abnormally lifelike.

De groteske scène zag er abnormaal levensecht uit.

**But this lifelike quality only added a subtle reason to be
more fearful.**
Maar deze levensechte kwaliteit gaf juist een subtiele reden
om nog banger te zijn.
Because we knew nothing about the source of the depiction.
Omdat we niets wisten over de bron van de afbeelding.
**The creature's vast, awesome, and incalculable age was
unmistakable.**
De immense, ontzagwekkende en onmetelijke ouderdom van
het wezen was onmiskenbaar.
**But not one link did the depiction show with any known
type of art.**
Maar de afbeelding vertoonde geen enkele overeenkomst met
welke bekende kunstvorm dan ook.
**Not even the earliest civilizations made reference to this
creature.**
Zelfs de vroegste beschavingen maakten geen melding van dit
wezen.
**But that is not the only point at which our knowledge failed
us.**
Maar dat is niet het enige punt waarop onze kennis ons in de
steek liet.

***

The mineralogy of the stone was also a complete mystery.
Ook de mineralogie van de steen was een compleet raadsel.
Gold specks dotted the soapy, greenish-black stone.
De zeepachtige, groenachtig-zwarte steen was bezaaid met
gouden spikkels.
Iridescent striations ran along the length of the stone.
Over de gehele lengte van de steen liepen iriserende strepen.
In short, the stone resembled nothing within mineralogy.
Kortom, de steen vertoonde geen enkele gelijkenis met wat
mineralogisch gezien te bieden had.
Geologists hadn't been able to identify the stone either.

Ook geologen waren er niet in geslaagd de steen te identificeren.

The hieroglyphs along the stone were equally baffling.

De hiërogliefen op de steen waren al even raadselachtig.

The writing system was horribly different than other scripts.

Het schrijfsysteem was vreselijk anders dan andere schriften.

A representation of half the world's leading experts was present.

Een vertegenwoordiging van de helft van 's werelds meest vooraanstaande experts was aanwezig.

But no link to any known writing system could be established.

Maar er kon geen verband worden gelegd met enig bekend schrijfsysteem.

Everything frightfully suggested an old and unhallowed cycle of life.

Alles deed op angstaanjagende wijze denken aan een oude en onheilige levenscyclus.

A history in which our world and our conceptions played no part.

Een geschiedenis waarin onze wereld en onze opvattingen geen rol speelden.

The experts shook their heads, admitting they had been defeated.

De deskundigen schudden hun hoofd en gaven toe dat ze verslagen waren.

But one expert did not give up quite so quickly.

Maar één expert gaf het niet zo snel op.

He claimed to have a touch of bizarre familiarity with the subject.

Hij beweerde een ietwat bizarre vertrouwdheid met het onderwerp te hebben.

The monstrous shape and writing weren't entirely new to him.

De monsterlijke vorm en het schrift waren hem niet helemaal nieuw.

With some diffidence he told of the odd trifle he knew.

Met enige terughoudendheid vertelde hij over de enkele onbeduidende weetjes die hij kende.

This person was the late William Channing Webb.

Deze persoon was wijlen William Channing Webb.

He was professor of anthropology in Princeton University.

Hij was hoogleraar antropologie aan de Princeton University.

And he was an explorer of no small significance.

En hij was een ontdekkingsreiziger van niet geringe betekenis.

***

Forty-eight years ago he was exploring Greenland and Iceland.

Achtveertig jaar geleden verkende hij Groenland en IJsland.

His group were in search of some Runic inscriptions.

Zijn groep was op zoek naar runeninscripties.

But the expedition failed to unearth any inscriptions.

Maar de expeditie slaagde er niet in om inscripties te vinden.

They trekked the heights of West Greenland's coasts.

Ze trokken door de bergtoppen langs de kust van West-Groenland.

Here they encountered a strange cult of degenerate Eskimos.

Daar stuitten ze op een vreemde sekte van gedegenereerde Eskimo's.

Their religion consisted of a form of devil-worship.

Hun religie bestond uit een vorm van duivelverering.

And their rituals were deliberately bloodthirsty and repulsive.

En hun rituelen waren opzettelijk bloeddorstig en weerzinwekkend.

It was a faith of which other Eskimos knew little.

Het was een geloof waar andere Eskimo's weinig van wisten.

Locals shuddered at the mention of their practices.

De plaatselijke bevolking huiverde bij de vermelding van hun gebruiken.

They said their believes came from horribly ancient eons.

Ze zeiden dat hun overtuigingen afkomstig waren uit vreselijk oude tijden.

A time before the world as we know it now had ever been made.

Een tijd voordat de wereld zoals wij die nu kennen, ooit was geschapen.

There were human sacrifices and queer hereditary rituals.

Er vonden mensenoffers en bizarre erfelijkheidsrituelen plaats.

And all their worship was directed at a supreme tornasuk.

Al hun aanbidding was gericht op een opperste tornasuk.

Professor Webb had taken a phonetic copy from an aged angekok.

Professor Webb had een fonetische kopie gemaakt van een oude angekok.

He had transcribed the wizard-priest's chants as best he could.

Hij had de bezweringen van de tovenaar-priester zo goed mogelijk opgeschreven.

But currently these transcriptions weren't of prime significance.

Maar op dat moment waren deze transcripties niet van primair belang.

The cult had a cherished stone that they worshipped.

De sekte had een geliefde steen die ze vereerden.

They danced wildly when the aurora leaped over the ice cliffs.

Ze dansten uitbundig toen het noorderlicht boven de ijskliffen uitkwam.

And in the midst of their dance was the strange stone.

En midden in hun dans bevond zich de vreemde steen.

It was, the professor stated, a very crude bas-relief of stone.

Het was, zo stelde de professor, een zeer grof bas-reliëf van steen.

The stone comprised a hideous picture and some cryptic writing.

De steen bevatte een afschuwelijke afbeelding en een raadselachtig schrift.

And as far as he could tell this stone was a rough parallel.

En voor zover hij kon nagaan, was deze steen ongeveer even groot.

The stone had all the same essential features of bestial things.

De steen vertoonde alle essentiële kenmerken van dierlijke dingen.

The scientists received this data with suspense and astonishment.

De wetenschappers ontvingen deze gegevens met spanning en verbazing.

Even Inspector Legrasse had quickly gained an interest in mythology.

Zelfs inspecteur Legrasse had al snel interesse gekregen in mythologie.

And he began at once to ply his informant with questions.

En hij begon meteen zijn informant te bestoken met vragen.

He had notes of the oral ritual of the cult-worshipers in the swamp.

Hij had aantekeningen van het mondelinge ritueel van de sekteleden in het moeras.

He besought the professor to remember the diabolist Eskimos' chants.

Hij smeekte de professor zich de bezweringsliederen van de duivelsgezinde Eskimo's te herinneren.

There then followed an exhaustive comparison of details.

Daarna volgde een uitvoerige vergelijking van de details.

And there then followed a moment of really awed silence.

En toen volgde een moment van werkelijk ontzagwekkende stilte.

The Eskimo wizards and the Louisiana swamp-priests were worlds apart.

De Eskimo-tovenaars en de moeraspriesters van Louisiana waren werelden van elkaar verschillend.

And yet there was a phrase the two hellish rituals had in common.

En toch was er één zin die de twee helse rituelen gemeen
hadden.
"Ph'nglui mglw'nafh Cthulhu R'lyeh wgah'nagl fhtagn."
"Ph'nglui mglw'nafh Cthulhu R'lyeh wgah'nagl fhtagn."

***

Legrasse had one advantage over Professor Webb.
Legrasse had één voordeel ten opzichte van professor Webb.
He had spoken to several of his mongrel prisoners.
Hij had met een aantal van zijn bastaardgevangenen
gesproken.
Some of them had passed on the phrase's meaning.
Sommigen van hen hadden de betekenis van de uitdrukking
doorgegeven.
"In his house at R'lyeh dead Cthulhu waits dreaming."
"In zijn huis in R'lyeh wacht de dode Cthulhu te dromen."
So the attention turned back to Inspector Legrasse.
De aandacht richtte zich dus weer op inspecteur Legrasse.
And he was probed with many disconnected questions.
En hij werd bestookt met allerlei onsamenhangende vragen.
**He detailed his experience with the worshipers from the
swamp.**
Hij beschreef in detail zijn ervaringen met de gelovigen uit het
moeras.
My uncle attached profound significance to the story.
Mijn oom hechtte veel waarde aan het verhaal.
The report savored of the wildest dreams of myth-makers.
Het rapport ademde de wildste fantasieën van
mythenscheppers.
Theosophists could not have provided more imagination.
Theosofen hadden niet meer verbeeldingskracht kunnen
tonen.
But the philosophies came from unexpected sources.
Maar de filosofieën kwamen uit onverwachte hoeken.
Half-castes and pariahs told these fantastical stories.
Halfbloeden en paria's vertelden deze fantastische verhalen.

On November 1st, 1907, his chain of events unfolded.
Op 1 november 1907 ontvouwde zich de reeks gebeurtenissen
die hij had gepland.
The New Orleans police received desperate calls.
De politie van New Orleans ontving wanhopige telefoontjes.
**They were called to the swamp and lagoon country to the
south.**
Ze werden geroepen naar het moeras- en lagunegebied in het
zuiden.
The settlers there were mostly primitive, but good-natured.
De kolonisten daar waren overwegend primitief, maar wel
goedaardig.
**Most living by the swamp were descendants of Lafitte's
men.**
De meeste mensen die bij het moeras woonden, waren
afstammelingen van de mannen van Lafitte.
But now they were in the grip of stark terror.
Maar nu werden ze gegrepen door pure angst.
An unknown thing had stolen upon them in the night.
Een onbekend iets had hen 's nachts overvallen.
It was voodoo, apparently, that caused the disturbance.
Het was blijkbaar voodoo dat de verstoring veroorzaakte.
But it was a voodoo unlike the other forms of voodoo.
Maar het was een vorm van voodoo die anders was dan alle
andere vormen van voodoo.
Voodoo of a more terrible sort than they had ever known.
Voodoo van een veel afschuwelijkere soort dan ze ooit hadden
meegemaakt.
Some of their women and children had disappeared.
Enkele van hun vrouwen en kinderen waren verdwenen.
A malevolent drumming had begun its incessant beating.
Een onheilspellend trommelgeluid was begonnen en klonk
onophoudelijk.
Far and deep within those dark, black haunted woods.
Diep en diep in die donkere, zwarte, spookachtige bossen.
There, where no dweller dared to ventured close to.

Daar, waar geen enkele bewoner het aandurfde om in de
buurt te komen.
There were insane shouts and harrowing screams.
Er klonken waanzinnige kreten en hartverscheurende gegil.
Soul-chilling chants and dancing devil-flames.
Huiveringwekkende gezangen en dansende duivelsvlammen.
The messenger and his people could stand it no more.
De boodschapper en zijn volk konden het niet langer
verdragen.
A body of twenty police set out in the late afternoon.
Een groep van twintig politieagenten vertrok aan het einde
van de middag.
And a shivering settler came with them as a guide.
En een rillende kolonist ging met hen mee als gids.

*****

At the end of the passable road they alighted.
Aan het einde van de begaanbare weg stapten ze uit.
For miles and miles they splashed on in silence.
Kilometerslang ploeterden ze geruisloos voort.
And they went on through the terrible cypress woods.
En ze trokken verder door de angstaanjagende
cipressenbossen.
Dark, dark woods in which day but almost never came.
Donkere, donkere bossen waarin de dag bijna nooit aanbrak.
Ugly roots set traps for them in the wet ground.
Lelijke wortels vormen vallen voor ze in de natte grond.
Malignant hanging nooses of Spanish moss beset them.
Kwaadaardige, hangende stropen van Spaans mos omringen
ze.
In the distance the settlement slowly came into sight.
In de verte kwam de nederzetting langzaam in zicht.
Hysterical dwellers ran out of the miserable huts.
Hysterische bewoners renden uit de ellendige hutten.
They clustered around the group of bobbing lanterns.
Ze verzamelden zich rond de groep dobberende lantaarns.

Far, far ahead the cause of all the fear could be heard.

Heel ver in de verte was de oorzaak van alle angst te horen.

The muffled beat of drums was now faintly audible.

Het gedempte drumritme was nu nog vaag hoorbaar.

At times the wind shifted and revealed different sounds.

Soms draaide de wind en kwamen er andere geluiden tevoorschijn.

Curdling shrieks were audible at infrequent intervals.

Met tussenpozen waren huiveringwekkende kreten te horen.

A reddish glare seemed to filter through the undergrowth.

Een roodachtige gloed leek door het struikgewas heen te filteren.

The settlers were reluctant to be left alone again.

De kolonisten wilden niet opnieuw alleen gelaten worden.

But they point blank refused to move forwards either.

Maar ook zij weigerden pertinent om verder te gaan.

So the inspector and his colleagues plunged on unguided.

De inspecteur en zijn collega's gingen dus zonder begeleiding verder.

And they went into the black arcades of horror.

En ze betraden de duistere speelhallen van de horror.

The region was one of traditionally evil repute.

De regio stond van oudsher bekend om haar slechte reputatie.

The lands were substantially unknown by white men.

De gebieden waren grotendeels onbekend bij de blanken.

Not many explorers had traversed those regions yet.

Er waren nog niet veel ontdekkingsreizigers die die gebieden hadden doorkruist.

There were also legends of a hidden away lake.

Er bestonden ook legendes over een verborgen meer.

A body of water still unglimpsed by mortal sight.

Een watermassa die nog nooit door stervelingen is gezien.

In the lake it was said there dwelt a strange creature.

Er werd gezegd dat er in het meer een vreemd wezen leefde.

A huge, formless white polypous thing with luminous eye.

Een enorm, vormloos, wit, poliepachtig ding met een lichtgevend oog.

And settlers whispered about bat-winged devils.
En de kolonisten fluisterden over duivels met
vleermuisvleugels.
They flew up out of caverns from the inner earth.
Ze vlogen omhoog vanuit spelonken in de binnenste aarde.
And together the demons worship it at midnight.
En gezamenlijk aanbidden de demonen het om middernacht.
They said it had been there before D'Iberville.
Ze zeiden dat het er al was vóór D'Iberville.
They said it had been there before La Salle too.
Ze zeiden dat het er ook al was geweest vóór La Salle.
They said it was there before the Native Americans.
Ze zeiden dat het er al was vóór de inheemse Amerikanen.
Perhaps it was even there before the wholesome beasts.
Misschien was het er zelfs al voordat de gezonde dieren er
waren.
It was a nightmare itself that made men dream.
Het was zelf een nachtmerrie die mannen deed dromen.
And to see the thing was the same as death.
En het zien ervan was hetzelfde als de dood.
And so they had enough warning to know to keep away.
Ze waren dus voldoende gewaarschuwd om uit de buurt te
blijven.
Because it was indeed where they were warned it was.
Omdat het inderdaad de plek was waarvoor ze
gewaarschuwd waren.
The voodoo orgy was on the fringe of this abhorred area.
De voodoo-orgie vond plaats aan de rand van dit verachtelijke
gebied.
But the location was already bad enough by itself.
Maar de locatie was op zichzelf al slecht genoeg.
The voodoo activities only added to the horror.
De voodoo-praktijken versterkten de gruwel alleen maar.
Perhaps poetry could do justice to the noises heard.
Misschien kan poëzie recht doen aan de geluiden die te horen
zijn.
Otherwise only madness would help one understand.

Anders zou alleen waanzin iemand tot begrip kunnen
brengen.
But Legrasse's plowed on through the black morass.
Maar Legrasse ploegde onverstoorbaar door het zwarte
moeras.
The sound of the muffled drumming slowly crystalized.
Het gedempte geluid van het trommelen werd langzaam
helderder.
And they continued steadily towards the red glare.
En ze vervolgden hun weg gestaag richting de rode gloed.

***

There are vocal qualities specific to men.
Er bestaan stemkenmerken die specifiek zijn voor mannen.
And there are vocal qualities specific to beasts.
En er zijn vocale eigenschappen die specifiek zijn voor dieren.
It is terrible when one makes the sounds of the other.
Het is vreselijk als de één de geluiden van de ander nabootst.
Animal fury freed them of their human restraint.
De woede van de dieren bevrijdde hen van hun menselijke
beperkingen.
Orgiastic license whipped them into demoniac heights.
De orgiastische losbandigheid joeg hen tot demonische
hoogten.
Howls that tore through those perpetually dark woods.
Gehuil dat door die altijd donkere bossen galmde.
Squawking ecstasies that echoed in everyone's mind.
Schreeuwende extases die in ieders hoofd nagalmden.
Sounds like pestilential tempests from the gulfs of hell.
Het klinkt als verderfelijke stormen uit de diepten van de hel.
Now and then the less organized ululations would cease.
Zo nu en dan hielden de minder georganiseerde kreten op.
A well-drilled chorus of hoarse voices rose in singsong.
Een goed geoefend koor van hese stemmen klonk in een
eenstemmige zang.
And they chanted that hideous phrase of their ritual.

En ze scandeerden die afschuwelijke zin van hun ritueel.
"Ph'nglui mglw'nafh Cthulhu R'lyeh wgah'nagl fhtagn"
"Ph'nglui mglw'nafh Cthulhu R'lyeh wgah'nagl fhtagn"
Then the men reached a spot where the trees were sparser.
Toen bereikten de mannen een plek waar minder bomen
stonden.
Suddenly they come in sight of the spectacle itself.
Plotseling krijgen ze het schouwspel zelf in zicht.
Four of them reeled from the horrible things they saw.
Vier van hen waren diep geschokt door de afschuwelijke
dingen die ze hadden gezien.
One man fainted, and two were shaken into a frantic cry.
Een man viel flauw en twee anderen raakten zo geschrokken
dat ze in paniek begonnen te schreeuwen.
Fortunately their screams were not heard by other ears.
Gelukkig werden hun kreten door niemand anders gehoord.
The mad cacophony of the orgy deadened their screams.
De waanzinnige kakofonie van het orgie overstemde hun
geschreeuw.
Legrasse splashed swamp water on the fainting man.
Legrasse spetterde moeraswater over de flauwgevallen man.
They stood up again, but nearly hypnotized with horror.
Ze stonden weer op, maar waren bijna gehypnotiseerd door
afschuw.
In a natural glade of the swamp stood a grassy island.
In een natuurlijke open plek in het moeras lag een met gras
begroeid eilandje.
The grassy island extended perhaps for an acre.
Het met gras begroeide eilandje was wellicht een hectare
groot.
And the area was clear of trees and tolerably dry.
Het gebied was vrij van bomen en redelijk droog.
A horde of human abnormality leaped and twisted.
Een horde menselijke abnormaliteiten sprong en kronkelde.
No Sime could paint what the men were seeing.
Geen enkele Sime kon schilderen wat de mannen zagen.
No Angarola has ever painted such an indescribable scene.

Geen enkele Angarola heeft ooit zo'n onbeschrijfelijk tafereel geschilderd.

The hybrid spawn made a monstrous ring-shaped bonfire.

De hybride nakomelingen maakten een monsterlijk ringvormig vreugdevuur.

They brayed bellowed and writhed about in their nudity.

Ze loeiden, brulden en kronkelden naakt over de grond.

Occasionally there were rifts in the curtain of flame.

Af en toe ontstonden er scheuren in het gordijn van vlammen.

And there the object of their worship revealed itself.

En daar openbaarde zich het voorwerp van hun aanbidding.

In the midst of the fire stood a great granite monolith.

Midden in het vuur stond een grote granieten monoliet.

The stone structure was only about eight feet in height.

De stenen constructie was slechts ongeveer acht voet hoog.

And the noxious carven statuette rested on the monolith.

En het weerzinwekkende, gebeeldhouwde beeldje rustte op de monoliet.

The idle was almost incongruous in its diminutiveness.

Het inactieve object was door zijn geringe omvang bijna een ongerijmdheid.

Spaced evenly, scaffolds had been erected around the fire.

Rondom het vuur waren op gelijke afstand van elkaar steigers opgericht.

From the scaffolding hung a number of marred bodies.

Aan de steiger hingen verschillende verminkte lichamen.

The bodies of those that had disappeared from nearby.

De lichamen van degenen die in de omgeving waren verdwenen.

It was inside this circle the ring of worshipers were.

Binnen deze cirkel bevond zich de kring van aanbidders.

And they roared and jumped in the frantic trance.

En ze brulden en sprongen in een dolle trance.

The general direction of the motion was anti-clockwise.

De beweging ging over het algemeen tegen de klok in.

The ring of bodies circling around the ring of fire.

De ring van lichamen die rond de vuurring cirkelt.

One man recollected other details even more concerning.
Een van de mannen herinnerde zich nog andere,
verontrustendere details.
But perhaps the echoes induced him to hear other things.
Maar misschien zorgden de echo's ervoor dat hij andere
dingen hoorde.
He fancied he heard antiphonal responses to the ritual.
Hij meende antifonale reacties op het ritueel te horen.
Noises from an unillumined spot deeper within the woods.
Geluiden afkomstig van een onverlichte plek dieper in het bos.
This man, Joseph D. Galvez, I later met and questioned.
Deze man, Joseph D. Galvez, heb ik later ontmoet en
ondervraagd.
And he proved to indeed be distractingly imaginative.
En hij bleek inderdaad een buitengewoon rijke
verbeeldingskracht te hebben.
He even hinted at the faint beating of great wings.
Hij liet zelfs doorschemeren dat er zachtjes met grote vleugels
werd geklapt.
And he suggested there was a glimpse of shining eyes.
En hij suggereerde dat er een glimp te zien was van stralende
ogen.
**And beyond the trees, a mountainous white bulk of
something.**
En achter de bomen, een bergachtig, wit geheel van iets.
I suppose he had heard too much native superstition.
Ik denk dat hij te veel inheemse bijgeloof had gehoord.
But actually the horrified pause was relatively brief.
Maar in werkelijkheid was de geschrokken stilte relatief kort.
Duty came first, and they had come to do a job.
Plicht stond voorop, en ze waren gekomen om een taak uit te
voeren.

***

There must have been nearly a hundred mongrel celebrants.

Er moeten bijna honderd feestvierders van bastaardrassen zijn geweest.

But the police were able to rely on their firearms.

Maar de politie kon vertrouwen op hun vuurwapens.

And they plunged determinedly into the nauseous rout.

En vastberaden stortten ze zich in de misselijkmakende tocht.

For five minutes the chaotic din was beyond description.

Vijf minuten lang was het chaotische lawaai onbeschrijfelijk.

Wild blows were struck and shots were fired.

Er werden wilde klappen uitgedeeld en schoten gelost.

Some escaped arrest by running into the darkness.

Sommigen ontkwamen aan arrestatie door de duisternis in te vluchten.

They had a better knowledge of the layout of the swamp.

Ze hadden een beter inzicht in de indeling van het moeras.

But Legrasse and his men caught around half of them.

Maar Legrasse en zijn mannen pakten ongeveer de helft van hen.

And they counted around forty-seven sullen prisoners.

En ze telden ongeveer zevenenveertig norse gevangenen.

They were forced to put on their clothes again.

Ze werden gedwongen hun kleren weer aan te trekken.

And they fell into line between two rows of policemen.

En ze stelden zich op tussen twee rijen politieagenten.

Five of the worshipers lay dead by the fire.

Vijf van de gelovigen lagen dood bij het vuur.

Two severely wounded prisoners were carried away.

Twee zwaargewonde gevangenen werden afgevoerd.

Of course the image on the monolith was removed.

Uiteraard werd de afbeelding op de monoliet verwijderd.

Legrasse himself took the evidence to the police station.

Legrasse bracht het bewijsmateriaal zelf naar het politiebureau.

The trip back to the headquarters was of intense strain.

De terugreis naar het hoofdkwartier was zeer vermoeiend.

The men were examined when they got back to civilization.

De mannen werden onderzocht toen ze terugkeerden naar de
bewoonde wereld.

The prisoners all proved to be men of a very low type.

Alle gevangenen bleken mannen van een zeer laag niveau te
zijn.

They were all mixed-blooded, and mentally aberrant.

Ze waren allemaal van gemengd bloed en geestelijk
afwijkend.

Most were seamen by trade, or some similar professions.

De meesten waren zeelieden van beroep, of hadden een
soortgelijk beroep.

Negroes and mulattoes were sprinkled among them.

Onder hen bevonden zich ook negers en mulatten.

But most seemed to be West Indians or Brava Portuguese.

Maar de meesten leken afkomstig te zijn uit West-Indië of
Brava Portugezen.

They primarily came from the Cape Verde Islands.

Ze kwamen voornamelijk van de Kaapverdische eilanden.

They gave the heterogeneous cult a coloring of voodooism.

Ze gaven de heterogene cultus een voodoo-achtig tintje.

But there wasn't even a need to ask too many questions.

Maar het was zelfs niet nodig om veel vragen te stellen.

The conclusion quickly became manifest by itself.

De conclusie werd al snel vanzelf duidelijk.

Something far deeper than negro fetishism was involved.

Er speelde iets veel dieper dan alleen negerfetisjisme.

Although ignorant, but their story was consistent.

Hoewel ze onwetend waren, was hun verhaal wel consistent.

The creatures all spoke of the same central idea.

Alle wezens spraken over hetzelfde centrale idee.

They certainly all shared the same loathsome faith.

Ze deelden ongetwijfeld allemaal hetzelfde weerzinwekkende
geloof.

They worshiped, so they said, the great old ones.

Ze vereerden, zo zeiden ze, de grote ouden.

The great old ones lived long before there were any men.

De grote ouden leefden lang voordat er mensen waren.

And they came to the young world out of the sky.

En ze daalden neer op de jonge wereld, rechtstreeks uit de hemel.

Those old ones were now gone, they explained.

Die oude waren er niet meer, legden ze uit.

They were now inside the earth and under the sea.

Ze bevonden zich nu in de aarde en onder de zee.

But their dead bodies found ways to tell their secrets.

Maar hun dode lichamen vonden manieren om hun geheimen te onthullen.

They whispered into the dreams of the first men.

Ze fluisterden in de dromen van de eerste mensen.

And the first men formed a cult which has never died.

En de eerste mannen stichtten een cultus die nooit is uitgestorven.

***

The cult had always existed, and always would exist.

De sekte had altijd bestaan en zou altijd blijven bestaan.

Their followers were hidden in wastes all over the world.

Hun volgelingen hielden zich schuil in woestenijen over de hele wereld.

Their followers were in dark places explorers overlooked.

Hun volgelingen bevonden zich op duistere plekken die door ontdekkingsreizigers over het hoofd werden gezien.

And they would remain hidden until they were called.

En ze zouden verborgen blijven totdat ze geroepen werden.

When the great priest Cthulhu rises again to the surface.

Wanneer de grote priester Cthulhu weer aan de oppervlakte verschijnt.

When Cthulhu brings the earth again beneath his sway.

Wanneer Cthulhu de aarde weer onder zijn heerschappij brengt.

When Cthulhu leaves from his dark house in the mighty city of R'lyeh.

Wanneer Cthulhu zijn duistere huis in de machtige stad R'lyeh
verlaat.
Some day he was going call, when the stars were ready.
Op een dag zou hij bellen, wanneer de sterren er klaar voor
waren.
And the secret cult will always be waiting to liberate him.
En de geheime sekte zal altijd klaarstaan om hem te bevrijden.
Meanwhile, no more of his story must be told.
Ondertussen mag er niets meer over hem verteld worden.
There was a secret even torture could not extract.
Er was een geheim dat zelfs door marteling niet te achterhalen
was.
Mankind was not alone among the conscious things of earth.
De mens was niet het enige bewuste wezen op aarde.
Because shapes came out of the dark to visit the faithful few.
Omdat gedaanten uit de duisternis tevoorschijn kwamen om
de weinigen die trouw waren te bezoeken.
But these were not the great old ones.
Maar dit waren niet de grote oude.
No man had ever seen the great old ones.
Niemand had ooit de grote, oude wezens gezien.
The carven idol was of great Cthulhu.
Het gebeeldhouwde beeld stelde de machtige Cthulhu voor.
None could say whether the others were like him.
Niemand kon zeggen of de anderen net als hij waren.
No one could read the old writing now.
Niemand zou het oude handschrift nu nog kunnen lezen.
Instead, things were told by word of mouth.
In plaats daarvan werden dingen mondeling doorgegeven.
The chanted ritual was not the secret.
Het gezongen ritueel was niet het geheim.
The secret was never spoken aloud, only whispered.
Het geheim werd nooit hardop uitgesproken, alleen
gefluisterd.
The chant meant one thing, and one thing alone:
Het gezang betekende maar één ding, en slechts één ding:
"In his house at R'lyeh dead Cthulhu waits dreaming."

"In zijn huis in R'lyeh wacht de dode Cthulhu te dromen."
Only two of the prisoners were found sane enough to be hanged.
Slechts twee van de gevangenen werden geestelijk gezond genoeg bevonden om opgehangen te worden.
The rest of them were committed to various institutions.
De rest werd ondergebracht bij verschillende instellingen.
All denied to have taken any part in the ritual murders.
Allen ontkenden betrokken te zijn geweest bij de rituele moorden.
They said the killing had been done by something else.
Ze zeiden dat de moord door iets anders was gepleegd.
"The black-winged ones," the each insisted, separately.
"De zwartvleugeligen," hielden ze elk afzonderlijk vol.
They had come to them from their immemorial meeting-place.
Ze waren naar hen toegekomen vanuit hun oeroude ontmoetingsplaats.
They had arisen out from the haunted woodlands.
Ze waren tevoorschijn gekomen uit de spookachtige bossen.
But the stories of mysterious allies were inconsistent.
Maar de verhalen over mysterieuze bondgenoten waren tegenstrijdig.

***

What the police did extract came mainly from one man.
Wat de politie wel in beslag nam, was voornamelijk afkomstig van één man.
An immensely aged mestizo named Castro.
Een enorm oude mesties genaamd Castro.
He claimed to have sailed to strange ports.
Hij beweerde naar vreemde havens te zijn gevaren.
And he said he had been to the mountains of China.
En hij zei dat hij in de bergen van China was geweest.
There he talked with undying leaders of the cult.
Daar sprak hij met de onsterfelijke leiders van de sekte.

Old Castro remembered bits of hideous legend.
De oude Castro herinnerde zich flarden van afschuwelijke legendes.
His legends paled the speculations of theosophists.
Zijn legendes verbleekten de speculaties van de theosofen.
His stories made man seem like a recent creation.
Zijn verhalen gaven de indruk dat de mens een recente schepping was.
Even the world was transient in his account of things.
Zelfs de wereld was in zijn ogen vergankelijk.
There had been eons when other Things ruled on the earth.
Er zijn eeuwen geweest waarin andere wezens over de aarde heersten.
And they had had great cities here on the earth.
En ze hadden hier op aarde grote steden gehad.
The deathless Chinamen told him reserved secrets.
De onsterfelijke Chinees vertelde hem geheime informatie.
He had told him their ruins could still be found.
Hij had hem verteld dat hun ruïnes nog steeds te vinden waren.
There were still Cyclopean stones on islands in the Pacific.
Op eilanden in de Stille Oceaan waren nog steeds cyclopische stenen te vinden.
They all died vast epochs of time before man came.
Ze stierven allemaal in enorme tijdperken voordat de mens bestond.
But there were knowledges and practices in ancients arts.
Maar er bestonden wel degelijk kennis en gebruiken in de kunsten van de oudheid.
Special rituals which could revive them again, in time.
Speciale rituelen die hen na verloop van tijd weer tot leven zouden kunnen wekken.
In the cycle of eternity their return was inevitable.
In de cyclus van de eeuwigheid was hun terugkeer onvermijdelijk.
When the stars come round again to the right positions
Wanneer de sterren weer in de juiste posities staan.

They had, indeed themselves come from the stars.
Ze waren inderdaad zelf afkomstig van de sterren.
"These great old ones," Castro continued.
"Deze geweldige oude exemplaren," vervolgde Castro.
They were not composed entirely of flesh and blood.
Ze bestonden niet volledig uit vlees en bloed.
They had shape," Castro insisted, confidently.
"Ze hadden vorm," hield Castro vol zelfvertrouwen vol.
And he had strange proof for what he believed.
En hij had merkwaardig bewijs voor wat hij geloofde.
But the shape they took on was not made of matter.
Maar de vorm die ze aannamen, bestond niet uit materie.
When the stars were in their right positions.
Toen de sterren op de juiste plek stonden.
Then they could plunge from one world to another.
Dan konden ze van de ene wereld naar de andere springen.
Because they can move themselves through the sky.
Omdat ze zich door de lucht kunnen bewegen.
But when the stars were wrong, they cannot live.
Maar als de sterren ongunstig staan, kunnen ze niet leven.
And it is true that they no longer live like we do.
En het is waar dat ze niet meer leven zoals wij.
But despite that, they never really die either.
Maar ondanks dat sterven ze ook nooit echt.
They rest in stone houses in their great city of R'lyeh.
Ze rusten in stenen huizen in hun grote stad R'lyeh.
They are preserved by the spells of mighty Cthulhu.
Ze worden beschermd door de spreuken van de machtige
Cthulhu.
So there they lie, unaffected by the passing of time.
Daar liggen ze dan, onaangetast door het verstrijken van de
tijd.
And they wait for another glorious resurrection.
En ze wachten op een nieuwe glorieuze wederopstanding.
When the stars and earth are ready for them again.
Wanneer de sterren en de aarde er weer klaar voor zijn.
But they are still dependent on an outside force.

Maar ze zijn nog steeds afhankelijk van een externe macht.
A force from outside served to liberate their bodies.
Een externe kracht zorgde ervoor dat hun lichamen werden
bevrijd.
The spells preserved them and kept them intact.
De spreuken bewaarden ze en hielden ze intact.
But the spells also kept them from breaking free.
Maar de spreuken beletten hen ook om te ontsnappen.
So they could only lie awake in the dark and think.
Ze konden dus alleen maar wakker liggen in het donker en
nadenken.

***

In the meantime uncounted millions of years rolled by.
Intussen verstreken ontelbare miljoenen jaren.
They knew all that was occurring in the universe.
Ze wisten alles wat er in het universum gebeurde.
Because their mode of speech was transmitted thought.
Omdat hun manier van spreken gebaseerd was op het
overbrengen van gedachten.
Even now they were talking in their tombs.
Zelfs nu spraken ze nog vanuit hun graf.
Then, after infinities of chaos, the first men came.
Na oneindige tijden van chaos kwamen de eerste mensen.
The great old ones spoke to the sensitive among them.
De grote ouden spraken tot de gevoeligen onder hen.
They spoke to them by molding their dreams.
Ze spraken tot hen door hun dromen vorm te geven.
**Only that way could their language reach the fleshly minds
of mammals.**
Alleen op die manier kon hun taal de menselijke geest van
zoogdieren bereiken.
Then, whispered Castro, those first men formed the cult.
Toen, fluisterde Castro, vormden die eerste mannen de sekte.
They organized themselves around small idols.
Ze organiseerden zich rond kleine afgodsbeelden.

The small idols which the great ones had shown them.
De kleine afgoden die de groten hun hadden getoond.
Idols brought from dim eras from dark stars.
Afgoden afkomstig uit duistere tijden, van donkere sterren.
That cult would never die till the stars came right again.
Die sekte zou nooit uitsterven totdat de sterren weer gunstig
stonden.
**The secret priests were going to take great Cthulhu from His
tomb.**
De geheime priesters waren van plan de grote Cthulhu uit zijn
graf te halen.
And they were going to revive His subjects.
En ze zouden Zijn onderdanen weer tot leven wekken.
And then Cthulhu was going to resume His rule of earth.
En dan zou Cthulhu zijn heerschappij over de aarde hervatten.
The right time was going to reveal itself quite clearly.
Het juiste moment zou zich vanzelf aandienen.
**At that time mankind will have become as the great old
ones.**
Tegen die tijd zal de mensheid net zo groot zijn geworden als
de grote ouden.
They will be free and wild and beyond good and evil.
Ze zullen vrij en wild zijn, voorbij goed en kwaad.
Laws and morals are going to be thrown aside.
Wetten en moraal zullen overboord worden gegooid.
All men will be shouting and killing and reveling in joy.
Alle mannen zullen schreeuwen, doden en zich in vreugde
wentelen.
Then the liberated old ones will teach them the new ways.
Dan zullen de bevrijde ouderen hen de nieuwe wegen leren.
New ways to shout and kill and revel and enjoy.
Nieuwe manieren om te schreeuwen, te doden, te feesten en te
genieten.
**And all the earth will flame with a holocaust of ecstasy and
freedom.**
En de hele aarde zal in vlammen opgaan door een holocaust
van extase en vrijheid.

Meanwhile the cult had to practice the appropriate rites.
Ondertussen moest de sekte de bijbehorende rituelen
uitvoeren.
They had to keep alive the memory of those ancient ways.
Ze moesten de herinnering aan die oude gebruiken levend
houden.
And they had to shadow forth the prophecy of their return.
En ze moesten de profetie van hun terugkeer symboliseren.
**In the elder time chosen men spoke with the entombed Old
Ones.**
In vroeger tijden spraken uitverkoren mannen met de
begraven Ouden.
The entombed Old Ones spoke to them in their dreams.
De begraven Ouden spraken tot hen in hun dromen.
**But then something disturbed their means of
communication.**
Maar toen werd hun communicatie verstoord.
**The great stone in the city R'lyeh had sunk beneath the
waves.**
De grote steen in de stad R'lyeh was in de golven verdwenen.
And the monoliths and sepulchers were beneath the waters.
En de monolieten en grafmonumenten lagen onder water.
Deep waters full of the one primal mystery.
Diepe wateren vol van dat ene oeroude mysterie.
Waters through which not even thought can pass.
Wateren waar zelfs de gedachte niet doorheen kan dringen.
Water that cut off their spectral communication.
Water dat hun spectrale communicatie verbrak.
But the memory of the rites and rituals never died.
Maar de herinnering aan de riten en rituelen is nooit
verdwenen.
And high priests said that the city would rise again.
En de hogepriesters zeiden dat de stad weer zou herrijzen.
When the stars were right Cthulhu was going to return.
Als de sterren gunstig stonden, zou Cthulhu terugkeren.
The moldy black spirits of the earth will come out again.

De beschimmelde, zwarte geesten van de aarde zullen weer tevoorschijn komen.

Shadowy black spirits full of dim rumors.

Duistere, zwarte geesten vol vage geruchten.

***

The spirits collected in caverns beneath forgotten sea-bottoms.

De geesten verzamelden zich in grotten onder vergeten zeebodems.

But of those spirits old Castro dared not speak much.

Maar over die geesten durfde de oude Castro niet veel te zeggen.

And he hurriedly cut himself off from the topic.

En hij kapte het gesprek haastig af.

No amount of persuasion could elicit more in this direction.

Geen enkele overredingskracht kon meer in deze richting teweegbrengen.

No subtlety could convince him to speak of those spirits.

Geen enkele poging tot subtiliteit kon hem ertoe bewegen over die geesten te spreken.

The size of the old ones, too, he curiously declined to mention.

Ook de afmetingen van de oude exemplaren wilde hij merkwaardig genoeg niet vermelden.

And of the cult he spoke very little too.

En over de sekte sprak hij ook maar heel weinig.

He thought the center lay amid the pathless deserts of Arabia.

Hij meende dat het centrum zich bevond te midden van de padloze woestijnen van Arabië.

There in Irem, the City of Pillars, dreams hidden and untouched.

Daar, in Irem, de Stad der Pilaren, liggen dromen verborgen en onaangetast.

This cult was not allied to the European witch-cult.

Deze cultus was niet verbonden met de Europese heksencultus.

And the cult was virtually unknown beyond its members.

En de sekte was buiten haar leden vrijwel onbekend.

No book had ever really hinted of their knowledge.

Geen enkel boek had ooit echt een hint gegeven van hun kennis.

Though the deathless Chinamen said the mad Arab Abdul Alhazred came close.

Hoewel de onsterfelijke Chinees zei dat de waanzinnige Arabier Abdul Alhazred er dichtbij kwam.

He said that there were double meanings in his Necronomicon.

Hij zei dat er dubbele betekenissen in zijn Necronomicon zaten.

The initiated were free to read it if they wanted to.

Degenen die ingewijd waren, mochten het lezen als ze dat wilden.

And they should pay attention to one couplet in particular.

En ze zouden met name op één couplet moeten letten.

"That which is not dead can sleep for eternity,"

"Wat niet dood is, kan voor eeuwig slapen."

"And with strange eons even death may die."

"En met vreemde tijdperken kan zelfs de dood sterven."

Legrasse had been deeply impressed by what he heard.

Legrasse was diep onder de indruk van wat hij hoorde.

And he was not a little bewildered by the tale.

En hij was behoorlijk verbijsterd door het verhaal.

He inquired in vain about the historic affiliations of the cult.

Hij informeerde tevergeefs naar de historische achtergrond van de sekte.

Castro, apparently, had told the truth about the oath of secrecy.

Castro had kennelijk de waarheid gesproken over de geheimhoudingsplicht.

The authorities at Tulane University could not offer much help either.

Ook de autoriteiten van Tulane University konden niet veel
hulp bieden.

**The were not able to shed no light upon neither cult, nor the
image.**

Ze konden geen enkel licht werpen op de cultus, noch op het
beeld.

**And now the detective had come to the highest authorities in
the country.**

En nu had de rechercheur zich tot de hoogste autoriteiten van
het land gewend.

**And he heard none other than Professor Webb' tale in
Greenland.**

En hij hoorde het verhaal van niemand minder dan professor
Webb in Groenland.

***

Legrasse's tale aroused feverish interest at the meeting.

Het verhaal van Legrasse wekte een enorme belangstelling op
tijdens de bijeenkomst.

The story was not only significant in its implications.

Het verhaal was niet alleen belangrijk vanwege de implicaties
ervan.

But the story was also corroborated by the statuette.

Maar het verhaal werd ook bevestigd door het beeldje.

The excitement echoed in the subsequent correspondence.

De opwinding weerklonk in de daaropvolgende
correspondentie.

Those who attended stayed in close contact with each other.

De deelnemers bleven nauw met elkaar in contact.

Although scant mention occurs in the formal publications.

Hoewel er in de officiële publicaties slechts summier melding
van wordt gemaakt.

Caution is the first care of those accustomed to charlatanry.

Voor wie gewend is aan kwakzalverij, is voorzichtigheid
geboden.

Impostures are kept out as much as it is possible.

Bedrog wordt zoveel mogelijk buiten de deur gehouden.
Legrasse for some time lent the image to Professor Webb.
Legrasse leende de afbeelding enige tijd uit aan professor
Webb.
But at the latter's death the image was returned to him.
Maar na diens dood werd het beeld aan hem teruggegeven.
And the image remains in Legrasse's possession.
En de foto is nog steeds in het bezit van Legrasse.
This is where I viewed the terrible image not long ago.
Dit is de plek waar ik die afschuwelijke afbeelding kort
geleden zag.
The image is unmistakably akin to Wilcox' dream-sculpture.
De afbeelding vertoont onmiskenbaar overeenkomsten met de
droomsculpturen van Wilcox.
It was no wonder my uncle was so excited by his tale.
Het was dan ook geen wonder dat mijn oom zo enthousiast
was over zijn verhaal.
And I'm not surprised he made the efforts he made.
En het verbaast me niet dat hij zich zo heeft ingespannen.
He had heard everything Legrasse knew of the cult.
Hij had alles gehoord wat Legrasse wist over de sekte.
And the strange cultish dreams of a sensitive young man.
En de vreemde, sekte-achtige dromen van een gevoelige
jongeman.
The bas-relief just like the one from the swamp.
Het bas-reliëf is precies zoals dat uit het moeras.
The addition of the devil tablet in Greenland.
De toevoeging van de duivelstablet in Groenland.
The exact same words used in three remote occurrences.
Precies dezelfde woorden werden in drie verschillende
contexten gebruikt.
**The Eskimo diabolists, the mongrels in Louisiana, and then
Wilcox.**
De Eskimo-duivels, de bastaarden in Louisiana, en dan
Wilcox.
What other conclusion could one possibly have come to?
Tot welke andere conclusie had men kunnen komen?

It's only natural Professor Angel pursued this conclusion.
Het is dan ook niet meer dan logisch dat professor Angel tot deze conclusie is gekomen.
And I wouldn't have expected him to be less thorough.
En ik had ook niet verwacht dat hij minder grondig te werk zou gaan.
My great-uncle was a man of principled academic rigor.
Mijn oudoom was een man met een sterke academische discipline en principes.
Though privately I also had other plausible theories.
Hoewel ik privé ook andere plausibele theorieën had.
I suspected young Wilcox of having heard of the cult.
Ik vermoedde dat de jonge Wilcox van de sekte had gehoord.
Maybe he had heard of the cult in some indirect way.
Misschien had hij op een of andere manier wel eens van de sekte gehoord.
He could easily have invented a series of dreams.
Hij had net zo goed een reeks dromen kunnen verzinnen.
That way he could heighten and continue the mystery.
Op die manier kon hij het mysterie vergroten en in stand houden.
The dream-narratives and cuttings collected did of course corroborate.
De verzamelde droomverhalen en krantenknipsels bevestigden dit uiteraard.
But the rationalism of my mind had not yet been satisfied.
Maar het rationalisme van mijn geest was nog niet bevredigd.
Coincidences can form highly believable illusions too.
Toevalligheden kunnen ook zeer geloofwaardige illusies creëren.
And we have to bear in mind the extravagance of the whole subject.
En we moeten de extravagantie van het hele onderwerp in gedachten houden.
So I was led to adopt what I thought the most sensible conclusions.

Daarom werd ik ertoe gebracht de conclusies te trekken die ik het meest verstandig achtte.

I thoroughly studied the manuscript from the beginning.

Ik heb het manuscript vanaf het begin grondig bestudeerd.

And I correlated the theosophical and anthropological notes.

En ik heb de theosofische en antropologische aantekeningen met elkaar in verband gebracht.

I compared the literature with the cult narrative of Legrasse.

Ik vergeleek de literatuur met het cultverhaal van Legrasse.

I made a trip to Providence to see the sculptor.

Ik ben naar Providence gereisd om de beeldhouwer te bezoeken.

And I intended to give him the rebuke I thought proper.

En ik was van plan hem de terechtwijzing te geven die ik gepast vond.

There must be consequences, I felt, for the trick he played.

Ik was ervan overtuigd dat er consequenties moesten zijn voor de truc die hij had uitgehaald.

He had boldly imposed himself upon a learned and aged man.

Hij had zich op brutale wijze opgedrongen aan een geleerde en bejaarde man.

***

Wilcox still lived alone where my uncle had met him.

Wilcox woonde nog steeds alleen op de plek waar mijn oom hem had ontmoet.

In the Fleur-de-Lys Building in Thomas Street.

In het Fleur-de-Lys-gebouw in Thomas Street.

A hideous Victorian imitation of Seventeenth Century Breton architecture.

Een afschuwelijke Victoriaanse imitatie van zeventiende-eeuwse Bretonse architectuur.

The building flaunted its stuccoed front amidst its surroundings.

Het gebouw stak met zijn gestucte voorgevel af tegen de omgeving.

There were lovely Colonial houses on the ancient hill.

Op de oude heuvel stonden prachtige koloniale huizen.

And the house stood under the shadow of the finest Georgian steeple in America.

Het huis stond in de schaduw van de mooiste Georgische kerktoren van Amerika.

I found him at work in his rooms, among his sculptures.

Ik trof hem aan het werk in zijn kamers, tussen zijn sculpturen.

The specimens scattered came from a very unique mind.

De verspreide exemplaren zijn afkomstig van een zeer uniek brein.

At once I conceded that his genius is indeed profound and authentic.

Ik erkende meteen dat zijn genialiteit inderdaad diepgaand en authentiek is.

He has crystallized in clay that which Arthur Machen evokes in prose.

Hij heeft in klei gestalte gegeven wat Arthur Machen in zijn proza oproept.

He mirrored in marble the nightmares Clark Ashton Smith put to canvas.

Hij vereeuwigde in marmer de nachtmerries die Clark Ashton Smith op het doek vastlegde.

He will, I believe, be spoken of one day as one of the great decadents.

Ik geloof dat hij ooit zal worden beschouwd als een van de grote decadenten.

He was dark, frail, and somewhat unkempt in aspect.

Hij was donker, tenger en zag er enigszins onverzorgd uit.

He turned languidly at my knock on his door.

Hij draaide zich lusteloos om toen ik op zijn deur klopte.

He didn't rise from his seat when I came in.

Hij stond niet op toen ik binnenkwam.

And he asked me what the purpose of my visit was.

En hij vroeg me wat het doel van mijn bezoek was.

When I told him who I was his interest was piqued.

Toen ik hem vertelde wie ik was, was zijn interesse gewekt.

My uncle had excited his curiosity by probing his strange dreams.

Mijn oom had zijn nieuwsgierigheid gewekt door zijn vreemde dromen te onderzoeken.

Although he had never explained the reason for the study.

Hoewel hij de reden voor het onderzoek nooit had uitgelegd.

I did not enlarge his knowledge in this regard.

Ik heb zijn kennis op dit gebied niet uitgebreid.

But I sought with some subtlety to gain his confidence.

Maar ik probeerde op een subtiele manier zijn vertrouwen te winnen.

In a short time I became convinced of his absolute sincerity.

In korte tijd raakte ik overtuigd van zijn absolute oprechtheid.

He spoke of the dreams in a manner none could mistake.

Hij sprak over de dromen op een manier die niemand kon misverstaan.

His dreams' subconscious residuum had influenced his art profoundly.

De onderbewuste overblijfselen van zijn dromen hadden een diepgaande invloed op zijn kunst.

He showed me a morbid statue of the likes I had never seen before.

Hij liet me een macaber beeld zien, zoals ik er nog nooit eerder een had gezien.

The statue's contours almost made me shake with fear.

De contouren van het standbeeld deden me bijna sidderen van angst.

The potency of the statue's black suggestion was overbearing.

De kracht van de zwarte uitstraling van het standbeeld was overweldigend.

He could not recall having seen the original of this thing.

Hij kon zich niet herinneren het origineel hiervan ooit gezien te hebben.

But the statue was inspired by his own dream bas-relief.
Maar het standbeeld was geïnspireerd op zijn eigen
droombas-reliëf.
The outlines had formed themselves insensibly under his hands.
De contouren hadden zich onmerkbaar onder zijn handen
gevormd.
It was, no doubt, the giant shape he had raved of in delirium.
Het was ongetwijfeld de gigantische gedaante waarover hij in
zijn delirium had gerazend.
That he really knew nothing of the hidden cult he soon made clear.
Dat hij werkelijk niets wist van de verborgen sekte, maakte hij
al snel duidelijk.
Only my uncle's relentless catechism had given him some clues.
Alleen het aanhoudende catechisme van mijn oom had hem
wat aanknopingspunten gegeven.
And again I strove to explain the obvious conclusions away.
En opnieuw probeerde ik de voor de hand liggende conclusies
te ontkrachten.
How he could possibly have received the weird impressions?
Hoe kon hij die vreemde indrukken hebben gekregen?
He talked of his dreams in a strangely poetic fashion.
Hij sprak op een merkwaardig poëtische manier over zijn
dromen.
He made me see with terrible vividness the vistas of his dream.
Hij liet me met een huiveringwekkende levendigheid de
vergezichten van zijn droom zien.
The damp Cyclopean city of slimy green stone.
De vochtige Cycloopstad van slijmerige groene steen.
The geometry he oddly said, was all wrong.
De meetkunde, zo zei hij vreemd genoeg, klopte helemaal niet.
And he spoke of what he heard with frightened expectancy.

En hij vertelde met angstige verwachting over wat hij had
gehoord.
The ceaseless, half-mental calling from underground:
Het onophoudelijke, halfmentale geroep vanuit de
ondergrond:
"Cthulhu fhtagn... Cthulhu fhtagn"
"Cthulhu fhtagn... Cthulhu fhtagn"
These words had formed part of that dreaded ritual.
Deze woorden maakten deel uit van dat gevreesde ritueel.
The ritual the told of dead Cthulhu's dream-vigil.
Het ritueel dat verteld werd over de droomwake van de dode
Cthulhu.
The ritual that told of his stone vault at R'lyeh.
Het ritueel dat vertelde over zijn stenen grafkelder in R'lyeh.
And I felt deeply moved, despite my rational beliefs.
En ondanks mijn rationele overtuigingen was ik diep
ontroerd.
Wilcox, I was sure, had heard of the cult in some casual way.
Wilcox had, daar was ik van overtuigd, vast wel eens terloops
van de sekte gehoord.
He spent his time in a mass of equally weird literature.
Hij bracht zijn tijd door met een enorme hoeveelheid al even
bizarre literatuur.
He must have forgotten the source of his knowledge.
Hij moet de bron van zijn kennis vergeten zijn.
**Later the cult had found subconscious expression in his
dreams.**
Later vond de sekte een onderbewuste uitdrukking in zijn
dromen.
But this is natural when stories are so impressive.
Maar dat is natuurlijk te verwachten als de verhalen zo
indrukwekkend zijn.
**Finally the cult's ideas manifested themselves in the bas-
relief.**
Uiteindelijk kwamen de ideeën van de cultus tot uiting in het
bas-reliëf.

And now the subject of the cult manifested itself in the terrible statue.

En nu manifesteerde het onderwerp van de cultus zich in het afschuwelijke standbeeld.

I was convinced his imposture upon my uncle had been very innocent.

Ik was ervan overtuigd dat zijn bedrog jegens mijn oom volkomen onschuldig was geweest.

He both slightly affected, and slightly ill-mannered.

Hij was zowel enigszins aanstellerig als enigszins onbeleefd.

He had a disposition which I could never like.

Hij had een karakter waar ik nooit van heb kunnen houden.

But I was willing enough now to admit his genius.

Maar ik was nu wel bereid zijn genialiteit te erkennen.

And I have no way of denying his honesty either.

En ik kan zijn eerlijkheid ook niet ontkennen.

Despite my initial feelings, I took leave of him amicably.

Ondanks mijn aanvankelijke gevoelens nam ik in goede harmonie afscheid van hem.

And I wish him all the success his talent promises.

En ik wens hem al het succes toe dat zijn talent belooft.

***

The matter of the cult continued to fascinate me.

Het fenomeen van de sekte bleef me fascineren.

At times I had visions of the personal fame I could attain.

Soms fantaseerde ik over de persoonlijke roem die ik zou kunnen verwerven.

I visited New Orleans and talked with Legrasse.

Ik bezocht New Orleans en sprak met Legrasse.

And I spoke with other policemen of that swamp raid.

En ik sprak met andere politieagenten die bij die inval in het moeras betrokken waren.

I saw the frightful image with my own eyes.

Ik heb het afschuwelijke beeld met eigen ogen gezien.

And I even questioned some of the surviving mongrel prisoners.
En ik heb zelfs enkele van de overgebleven bastaardgevangenen ondervraagd.
Old Castro, unfortunately, had been dead for some years.
De oude Castro was helaas al een aantal jaren dood.
What I now heard so graphically at first hand excited me afresh.
Wat ik nu zo levendig en uit eerste hand hoorde, maakte me opnieuw enthousiast.
Though it was really no more than a detailed confirmation.
Hoewel het in feite niet meer was dan een gedetailleerde bevestiging.
What they told me I had already read in my uncle's notes.
Wat ze me vertelden, had ik al in de aantekeningen van mijn oom gelezen.
I felt sure that I was on the track of a very real secret.
Ik was ervan overtuigd dat ik een zeer echt geheim op het spoor was.
And I was sure I was going to discover a very ancient religion.
En ik was ervan overtuigd dat ik een zeer oude religie zou ontdekken.
The discovery would make me an anthropologist of note.
Die ontdekking zou me tot een vooraanstaande antropoloog maken.
My attitude was still one of absolute rational materialism.
Mijn houding was nog steeds die van absoluut rationeel materialisme.
And I wish my attitude to the subject matter had not changed.
En ik wou dat mijn houding ten opzichte van het onderwerp niet veranderd was.
I discounted with almost inexplicable perversity the coincidences.
Met een bijna onverklaarbare eigenzinnigheid negeerde ik de toevalligheden.

The dream notes and odd cuttings collected by Professor Angell.

De droomnotities en vreemde knipsels verzameld door professor Angell.

One thing I began to doubt was the cause of my uncle's death.

Ik begon te twijfelen aan de oorzaak van de dood van mijn oom.

I began to suspect his death was far from natural.

Ik begon te vermoeden dat zijn dood allesbehalve natuurlijk was.

And I now fear I know my uncle's death was not natural.

En nu vrees ik dat ik weet dat de dood van mijn oom niet natuurlijk was.

It was on a narrow hill street where he fell.

Hij viel op een smal straatje in een heuvel.

The street lead up from the ancient waterfront.

De straat liep omhoog vanaf de oude waterkant.

The port-town swarms with foreign mongrels.

De havenstad wemelt van buitenlandse bastaarden.

He fell after a careless push from a negro sailor.

Hij viel na een onvoorzichtige duw van een zwarte matroos.

I had not forgotten the mixed blood of the cult-members in Louisiana.

Ik was het gemengde bloed van de sekteleden in Louisiana niet vergeten.

I had not forgotten the sailors in the voodoo orgy.

Ik was de zeelieden in de voodoo-orgie niet vergeten.

And would not be surprised to learn that they had other knowledge too.

En het zou me niet verbazen als ze ook nog andere kennis bezaten.

Secret methods as anciently known as the cryptic rites.

Geheime methoden, in de oudheid bekend als cryptische riten.

Poison needles as ruthless their demonic beliefs.

Giftige naalden, zo meedogenloos als hun demonische overtuigingen.

Legrasse and his men, it is true, have been let alone.

Het is waar dat Legrasse en zijn mannen met rust zijn gelaten.

But in Norway a certain seaman who saw things is dead.

Maar in Noorwegen is een zekere zeeman die dingen zag, overleden.

Might not sinister ears have picked up my uncle's interest in the sculptor?

Zou het kunnen dat sinistere oren de interesse van mijn oom in de beeldhouwer hebben opgevangen?

Might not the deeper inquiries of my uncle have drawn someone's attention?

Zouden de diepgaande vragen van mijn oom niet iemands aandacht hebben getrokken?

I think Professor Angell died because he knew too much.

Ik denk dat professor Angell is overleden omdat hij te veel wist.

Or he died because he was likely to learn too much.

Of hij stierf omdat hij waarschijnlijk te veel leerde.

Whether I shall go out as he did remains to be seen.

Of ik hetzelfde lot zal ondergaan als hij, valt nog te bezien.

Because I too have learned much about Cthulhu.

Omdat ik zelf ook veel over Cthulhu heb geleerd.

The Madness from the Sea
De waanzin van de zee

There is one great boon heaven could grant me.
Er is één grote gunst die de hemel mij zou kunnen schenken.
The total effacing of the results of a mere chance.
Het volledig uitwissen van de resultaten van louter toeval.
I wish I had never seen that stray piece of paper.
Ik wou dat ik dat losse stukje papier nooit had gezien.
My daily routine would normally not have taken me there.
Normaal gesproken zou ik daar niet terecht zijn gekomen
volgens mijn dagelijkse routine.
On any other day I would not have noticed anything.
Op een andere dag zou ik niets gemerkt hebben.
It was an old number of an Australian journal.
Het was een oud nummer van een Australisch tijdschrift.
The Sydney Bulletin for April 18, 1925
Het Sydney Bulletin van 18 april 1925
The paper had even slipped past the cutting bureau.
Het document was zelfs aan de redactie ontsnapt.
I had largely given over my inquiries to a friend.
Ik had mijn vragen grotendeels aan een vriend overgelaten.
He had taken on the work of most of the research.
Hij had het grootste deel van het onderzoekswerk op zich
genomen.
He had come to refer to the group as the "Cthulhu Cult".
Hij was de groep gaan aanduiden als de "Cthulhu-cultus".
I was visiting my learned friend of Paterson, New Jersey.
Ik was op bezoek bij mijn geleerde vriend in Paterson, New
Jersey.
The curator of a local museum, and a mineralogist of note.
De conservator van een lokaal museum en een vooraanstaand
mineraloog.
While at his museum I had access to the reserved specimens.
Tijdens mijn bezoek aan zijn museum had ik toegang tot de
gereserveerde exemplaren.
And this is when an odd picture caught my attention.

En toen trok een vreemde foto mijn aandacht.

Beneath one of the stones was the Sydney Bulletin I mentioned.

Onder een van de stenen lag het Sydney Bulletin waar ik het over had.

My friend has wide affiliations in all conceivable foreign lands.

Mijn vriend heeft uitgebreide contacten in alle denkbare buitenlandse landen.

The picture was a half-tone cut of a hideous stone image.

De foto was een rasteruitsnede van een afschuwelijk stenen beeld.

Almost identical with the stone Legrasse had found in the swamp.

Vrijwel identiek aan de steen die Legrasse in het moeras had gevonden.

Eagerly I read the article for its precious contents.

Ik las het artikel met grote belangstelling vanwege de waardevolle inhoud.

But I was disappointed to find that it was just a short article.

Maar ik was teleurgesteld toen ik ontdekte dat het slechts een kort artikel was.

Although brief, the information was of portentous significance.

Hoewel de informatie kort was, was deze van veelbelangrijke betekenis.

***

"MYSTERY DERELICT FOUND AT SEA"
"MYSTERIEUS SCHIP GEVONDEN OP ZEE"

Vigilant Arrives With Helpless Armed New Zealand Yacht in Tow.

Vigilant arriveert met hulpeloos bewapend Nieuw-Zeelands jacht op sleeptouw.

One Survivor and one Dead Man Found Aboard.

Aan boord werden één overlevende en één dode aangetroffen.

Tale of Desperate Battle and Deaths at Sea.
Een verhaal over een wanhopige strijd en doden op zee.
Rescued Seaman Refuses Particulars of Strange Experience.
Geredde zeeman weigert details te geven over vreemde
gebeurtenis.
Odd Idol Found in His Possession, Inquiry to Follow.
Vreemd beeldje in zijn bezit gevonden, onderzoek volgt.
**The Alert of Dunedin yacht, N.Z., had been disabled in
battle.**
Het jacht Alert uit Dunedin, Nieuw-Zeeland, was tijdens een
gevecht onklaar geraakt.
Previously the ship had left from Valparaiso on March 25th.
Het schip was eerder op 25 maart vanuit Valparaiso
vertrokken.
**On April 2nd the ship was driven considerably south of her
course.**
Op 2 april werd het schip aanzienlijk ten zuiden van zijn koers
gedreven.
Exceptionally heavy storms had redirected the ship.
Uitzonderlijk zware stormen hadden het schip van koers doen
veranderen.
Monster waves forced the ship to take a different route.
Monstergolven dwongen het schip een andere route te kiezen.
On April 12th the ship was sighted by another ship.
Op 12 april werd het schip door een ander schip
waargenomen.
Latitude 34° 21', Longitude 152° 17'
Breedtegraad 34° 21', Lengtegraad 152° 17'
Initially they thought the ship had been deserted.
Aanvankelijk dachten ze dat het schip verlaten was.
But one still living man had been found on board.
Maar er was één nog levende man aan boord gevonden.
This lone survivor was in a half-delirious condition.
Deze enige overlevende verkeerde in een toestand van half-
delirisme.
The only other victim found was a man already dead a week.

Het enige andere slachtoffer dat werd gevonden, was een man die al een week dood was.

Now the heavily armed steam yacht was being towed.

Nu werd het zwaar bewapende stoomjacht gesleept.

And this morning the ship was coming in to its wharf.

En vanmorgen kwam het schip aan de kade aanvaren.

The living man was clutching a horrible stone idol.

De levende man hield een afschuwelijk stenen beeld vast.

The stone idol was about a foot in height.

Het stenen beeld was ongeveer dertig centimeter hoog.

And the origins of the stone were completely unknown.

En de herkomst van de steen was volkomen onbekend.

Authorities at Sydney university were baffled.

De autoriteiten van de universiteit van Sydney stonden voor een raadsel.

The Royal Society couldn't offer information about the idol.

De Royal Society kon geen informatie over het beeld verstrekken.

And the Museum in College street had no insights either.

En ook het museum in College Street bood geen enkel inzicht.

The survivor says he found the stone in the cabin of the yacht.

De overlevende zegt dat hij de steen in de kajuit van het jacht heeft gevonden.

Allegedly the idol was in a small carved shrine.

Het beeld bevond zich naar verluidt in een klein, gebeeldhouwd schrijntje.

And the carvings of the shrine were of common pattern.

En de houtsnijwerken van het heiligdom volgden een algemeen patroon.

This man eventually recovered back to his senses.

Deze man kwam uiteindelijk weer bij zinnen.

And he told an exceedingly strange story of piracy and slaughter.

En hij vertelde een buitengewoon vreemd verhaal over piraterij en slachting.

He is Gustaf Johansen, a Norwegian of some intelligence.

Hij heet Gustaf Johansen, een Noor met een behoorlijke intelligentie.

And he had been second mate of the two-masted schooner Emma of Auckland.

En hij was tweede stuurman geweest van de tweemastsschoener Emma uit Auckland.

The ship sailed for Callao February 20th, manned by eleven sailors.

Het schip vertrok op 20 februari naar Callao, bemand door elf matrozen.

The ship, he says, was delayed and thrown widely south of her course.

Het schip, zo zegt hij, liep vertraging op en raakte flink van koers ten zuiden van de geplande route.

There was a great storm on March 1st, and on March 22nd.

Er was een hevige storm op 1 maart en op 22 maart.

On their journey they encountered another ship.

Tijdens hun reis kwamen ze een ander schip tegen.

This was in S. Latitude 49° 51′, W. Longitude 128° 34′

Dit was op 49° 51′ zuiderbreedte en 128° 34′ westlengte.

This ship was manned by a queer and evil-looking crew.

Dit schip werd bemand door een eigenaardige en sinister ogende bemanning.

All the men were of Kanakas and half-castes.

Alle mannen behoorden tot de Kanaka-stam en waren van gemengde afkomst.

Being ordered peremptorily to turn back, Capt. Collins refused.

Kapitein Collins kreeg pertinent het bevel om terug te keren, maar weigerde.

Without warning the strange crew began to shoot savagely upon the schooner.

Zonder waarschuwing begon de vreemde bemanning hevig op de schoener te schieten.

They shot a peculiarly heavy battery of brass cannon.

Ze vuurden een opvallend zware batterij messing kanonnen af.

The men from his ship showed fighting spirit, says the survivor.
De mannen van zijn schip toonden vechtlust, aldus de overlevende.
The schooner began to sink from shots beneath the waterline.
De schoener begon te zinken door schoten onder de waterlijn.
But they managed to heave alongside their enemy boat, and board her.
Maar ze slaagden erin om naast het vijandelijke schip te komen en aan boord te gaan.
They grappled with the savage crew on the yacht's deck.
Ze raakten slaags met de woeste bemanning op het dek van het jacht.
Their mode of fighting seemed to be strangely clumsy.
Hun manier van vechten leek vreemd onhandig.
But defeat did not seem to be an option for these savage men.
Maar een nederlaag leek voor deze barbaarse mannen geen optie.
They had a particularly abhorrent and desperate way of fighting.
Ze hadden een bijzonder weerzinwekkende en wanhopige manier van vechten.
So they had no choice but to kill all men of the enemy ship.
Ze hadden dus geen andere keus dan alle bemanningsleden van het vijandelijke schip te doden.
Three of their men were also killed in the fight.
Drie van hun mannen kwamen ook om het leven tijdens het gevecht.
Capt. Collins and First Mate Green were among the dead.
Kapitein Collins en eerste stuurman Green behoorden tot de doden.
Second Mate Johansen took over control from First Mate Green.
Tweede stuurman Johansen nam het roer over van eerste stuurman Green.

And the remaining eight men proceeded to navigate the captured yacht.

En de overgebleven acht mannen gingen vervolgens aan de slag om het buitgemaakte jacht te besturen.

They proceeded to continue in the original direction they were going.

Ze vervolgden hun weg in de oorspronkelijke richting.

To see if there had been any reason they were ordered to turn around.

Om te onderzoeken of er een reden was waarom ze bevolen waren om om te draaien.

*****

The next day, it appears, they landed on a small island.

De volgende dag landden ze blijkbaar op een klein eiland.

Although no island is known to exist in that part of the ocean.

Hoewel er voor zover bekend geen eiland in dat deel van de oceaan bestaat.

Six of the men somehow died ashore while on the island.

Zes van de mannen stierven op onverklaarbare wijze aan land terwijl ze op het eiland waren.

Though Johansen is queerly reticent about this part of his story.

Johansen is echter merkwaardig terughoudend over dit deel van zijn verhaal.

And he speaks only of their falling into a rock chasm.

En hij spreekt alleen over hun val in een rotsachtige kloof.

Later, it seems, he and one companion boarded the yacht.

Later, zo lijkt het, gingen hij en een metgezel aan boord van het jacht.

Together they tried to sail the ship, undermanned.

Samen probeerden ze het schip te besturen, ondanks de onderbemanning.

But they were beaten about by the storm of April 2nd.

Maar ze werden geteisterd door de storm van 2 april.

From that time till his rescue on the 12th, the man remembers little.

Vanaf dat moment tot aan zijn redding op de 12e herinnert de man zich weinig.

And he does not even recall when William Briden, his companion, died.

En hij weet zelfs niet meer wanneer William Briden, zijn metgezel, is overleden.

Autopsy could reveal no obvious cause to Briden's death.

Uit de autopsie bleek geen duidelijke doodsoorzaak voor Briden.

The most likely cause of death is exposure to the elements.

De meest waarschijnlijke doodsoorzaak is blootstelling aan de elementen.

The Dunedin reported that their boat, the Alert, was well known.

De Dunedin meldden dat hun boot, de Alert, goed bekend was.

The island traders bore an evil reputation along the waterfront.

De handelaren op het eiland hadden een slechte reputatie langs de waterkant.

The ship was owned by a curious group of half-castes.

Het schip was eigendom van een merkwaardige groep halfbloeden.

Frequent meetings and night trips to the woods attracted curiosity.

De frequente ontmoetingen en nachtelijke uitstapjes naar het bos wekten nieuwsgierigheid.

The ship had set sail in great haste on March 1st.

Het schip was op 1 maart in grote haast uitgevaren.

Just after the storm, and the earth tremors that night.

Vlak na de storm en de aardbevingen van die nacht.

Our Auckland correspondent gives the Emma excellent reputation.

Onze correspondent in Auckland geeft de Emma een uitstekende reputatie.

The Crew from the Emma were held very in high regard.
De bemanning van de Emma stond in hoog aanzien.
And Johansen is described as a sober and worthy man.
Johansen wordt omschreven als een ingetogen en respectabel
man.
The admiralty will institute an inquiry on the whole matter.
De Admiraliteit zal een onderzoek instellen naar de gehele
zaak.
Starting tomorrow they will collect all relevant information.
Vanaf morgen zullen ze alle relevante informatie verzamelen.
Every effort will be made to induce Johansen to speak.
Alles zal in het werk worden gesteld om Johansen tot een
gesprek te bewegen.
**This and the hellish image were all the information I had to
go on.**
Dit, samen met de afschuwelijke afbeelding, was alle
informatie waarover ik beschikte.
**But what a train of ideas that little information started in my
mind!**
Maar wat een stroom aan ideeën bracht die kleine hoeveelheid
informatie in mijn hoofd teweeg!
Here were new treasuries of data on the Cthulhu Cult.
Hier werden nieuwe schatkamers vol gegevens over de
Cthulhu-cultus ontdekt.
The cult not only had interests on land.
De sekte had niet alleen belangen in landbezit.
**Now there was evidence they also had connections to the
sea.**
Nu waren er aanwijzingen dat ze ook banden met de zee
hadden.
**What motive prompted the hybrid crew to order back the
Emma?**
Wat was het motief achter de terugkeer van de Emma door de
hybride bemanning?
Why did they sail about with their hideous idol?
Waarom voeren ze rond met hun afschuwelijke afgodsbeeld?

What was the unknown island on which six of the Emma's crew had died?
Wat was het onbekende eiland waarop zes bemanningsleden van de Emma waren omgekomen?
And why was Johansen so secretive about their death?
En waarom deed Johansen zo geheimzinnig over hun dood?
What had the vice-admiralty's investigation brought out?
Wat had het onderzoek van de onderadmiraal aan het licht gebracht?
And what was known of the noxious cult in Dunedin?
En wat was er bekend over de verderfelijke sekte in Dunedin?
Nor could one help but marvel at the timing of the events.
Ook de timing van de gebeurtenissen was werkelijk verbazingwekkend.
There was a deep and more than natural linkage between the dates.
Er bestond een diepgaande en meer dan natuurlijke samenhang tussen de data.
A malign and now undeniable significance to the various turns of events.
Een kwaadaardige en inmiddels onmiskenbare betekenis voor de verschillende wendingen in de gebeurtenissen.

***

My uncle had noted with great care the connecting events.
Mijn oom had de verbanden tussen de gebeurtenissen zeer zorgvuldig genoteerd.
On March 1st the earthquake and storm had come.
Op 1 maart vonden de aardbeving en de storm plaats.
February 28th, according to the International Date Line.
28 februari, volgens de internationale datumgrens.
From Dunedin the noisome crew of the Alert darted eagerly forth.
Vanuit Dunedin snelde de hinderlijke bemanning van de Alert gretig naar buiten.
They moved as if they had been imperiously summoned.

Ze bewogen zich alsof ze op gebiedende wijze waren ontboden.

On the other side of the earth the other events unfolded.

Aan de andere kant van de aarde ontvouwden zich andere gebeurtenissen.

Poets and artists had begun to have their strange dreams.

Dichters en kunstenaars begonnen vreemde dromen te hebben.

Dreams of a dank Cyclopean city from times long gone.

Dromen over een duistere, cyclopische stad uit lang vervlogen tijden.

A young sculptor was persuaded by these dreams too.

Ook een jonge beeldhouwer liet zich door deze dromen overtuigen.

In his sleep he molded the form of the dreaded Cthulhu.

In zijn slaap boetseerde hij de gestalte van de gevreesde Cthulhu.

On March 23rd the crew of the Emma landed on an unknown island.

Op 23 maart landde de bemanning van de Emma op een onbekend eiland.

There on that island they left six men dead.

Op dat eiland lieten ze zes mannen dood achter.

On that date the dreams of sensitive men assumed a heightened vividness.

Op die datum kregen de dromen van gevoelige mannen een verhoogde levendigheid.

Their dreams darkened with dread of a giant monster's malign pursuit.

Hun dromen werden overschaduwd door de angst voor de kwaadaardige achtervolging van een gigantisch monster.

One architect went mad from his dreams that night.

Een architect werd die nacht gek van zijn dromen.

And a sculptor had lapsed suddenly into delirium!

En een beeldhouwer was plotseling in een delirium geraakt!

And then there was the storm of April 2nd.

En toen was er nog de storm van 2 april.

The date on which all dreams of the dank city ceased.

De datum waarop alle dromen over de sombere stad ophielden.

Wilcox emerged unharmed from the bondage of strange fever.

Wilcox kwam ongedeerd tevoorschijn uit de greep van de vreemde koorts.

And everything appeared to be normal again.

En alles leek weer normaal.

But what about the hints old Castro had suggested?

Maar hoe zit het met de hints die de oude Castro had gegeven?

What about the sunken, star-born old ones?

En hoe zit het met de verzonken, door de sterren geboren ouden?

What about their promised return and coming reign?

En hoe zit het met hun beloofde terugkeer en toekomstige heerschappij?

What about their faithful cult and their mastery of dreams?

En hoe zit het met hun trouwe aanhang en hun beheersing van dromen?

Was I tottering on the brink of cosmic horrors?

Wankelde ik op de rand van kosmische verschrikkingen?

Cosmic horrors far beyond man's power to bear?

Kosmische verschrikkingen die het menselijk vermogen te boven gaan?

If so, they must be horrors of the mind alone.

In dat geval moeten het wel louter mentale gruwelen zijn.

On the second of April there was sudden coordinated calm.

Op 2 april ontstond er plotseling een gecoördineerde kalmte.

The monstrous menace that sieged mankind's soul had vanished.

De monsterlijke dreiging die de ziel van de mensheid teisterde, was verdwenen.

That evening I made all necessary arrangements for onwards travel.

Die avond trof ik alle nodige voorbereidingen voor mijn
verdere reis.

I bade my host adieu and took a train for San Francisco.

Ik nam afscheid van mijn gastheer en pakte de trein naar San
Francisco.

***

In less than a month I was at the port of Dunedin.

Binnen een maand was ik in de haven van Dunedin.

Here, however, my investigation stumbled slightly.

Mijn onderzoek liep hier echter enigszins vast.

**I inquired in the old sea taverns where the men had
lingered.**

Ik informeerde in de oude zeetavernes waar de mannen vaak
vertoefden.

But little was known of the strange cult members.

Maar er was weinig bekend over de vreemde leden van de
sekte.

Waterfront scum was far too common for special mention.

Tuig op de waterkant kwam veel te vaak voor om er apart
over te schrijven.

**But there was vague talk about one inland trip these
mongrels had made.**

Maar er werd vaag gesproken over een tocht landinwaarts die
deze bastaardhonden hadden gemaakt.

**Faint drumming and red flames were noted on the distant
hills.**

Op de heuvels in de verte waren zwakke trommelgeluiden en
rode vlammen te zien.

In Auckland I learned only a little more of Johansen.

In Auckland heb ik slechts een klein beetje meer over Johansen
geleerd.

He had been taken to Sydney for the investigation.

Hij was voor het onderzoek naar Sydney gebracht.

**A perfunctory and inconclusive questioning turned his hair
white.**

Een oppervlakkig en onduidelijk verhoor deed zijn haar grijs
worden.
Thereafter he sold his cottage in West Street.
Daarna verkocht hij zijn huisje in West Street.
And he sailed with his wife to his old home in Oslo.
En hij voer met zijn vrouw terug naar zijn ouderlijk huis in
Oslo.
His experience had clearly stirred him deeply.
Zijn ervaring had hem duidelijk diep geraakt.
**But he told his friends no more than he had told the
admiralty officials.**
Maar hij vertelde zijn vrienden niet meer dan wat hij de
functionarissen van de admiraaldienst had verteld.
And all they could do was to give me his Oslo address.
En het enige wat ze konden doen, was me zijn adres in Oslo
geven.
**After that I went to Sydney and talked profitlessly with
seamen.**
Daarna ging ik naar Sydney en praatte ik vruchteloos met
zeelieden.
**Members of the vice-admiralty court could not enlighten me
either.**
Ook de leden van de vice-admiraliteitsrechtbank konden mij
geen uitsluitsel geven.
I tracked the Alert down to Circular Quay in Sydney Cove.
Ik heb de Alert getraceerd naar Circular Quay in Sydney
Cove.
The ship had been sold and was again in commercial use.
Het schip was verkocht en werd weer commercieel ingezet.
But I could gain no further clues from the ship's cargo.
Maar ik kon geen verdere aanwijzingen vinden in de lading
van het schip.
The image was preserved in the Museum at Hyde Park.
De afbeelding werd bewaard in het museum in Hyde Park.
The cuttlefish head, dragon body, and scaly wings.
De kop van een inktvis, het lichaam van een draak en de
geschubde vleugels.

The monster crouching atop the hieroglyphed pedestal.

Het monster hurkt neer bovenop het met hiërogliefen versierde voetstuk.

I studied every detail of the idol long and well.

Ik heb elk detail van het beeld lang en grondig bestudeerd.

The relic was a thing of balefully exquisite workmanship.

Het relikwie was een object van sinistere, maar voortreffelijke vakmanschap.

I couldn't help but notice the similarity to Legrasse's smaller specimen.

Ik kon de gelijkenis met het kleinere exemplaar van Legrasse niet over het hoofd zien.

Both idols had the same utter mystery and terrible antiquity.

Beide afgoden hadden dezelfde volstrekte mysterie en angstaanjagende ouderdom.

And both idols had the same unearthly strangeness of material.

En beide afgoden hadden dezelfde bovenaardse, vreemde materiaaleigenschappen.

Geologists, the curator told me, had found it a monstrous puzzle.

Geologen vonden het een enorm raadsel, vertelde de conservator me.

They insisted that the world held no rock like this one.

Ze hielden vol dat er nergens ter wereld een rots bestond zoals deze.

Then I thought with a shudder of what old Castro had told Legrasse.

Toen moest ik huiveren bij de gedachte aan wat de oude Castro tegen Legrasse had gezegd.

The tale of the primal great ones, sunken under the sea.

Het verhaal van de oeroude grootheden, verzonken in de zee.

"They had come from the stars."

"Ze waren afkomstig van de sterren."

"They had brought their images with them."

"Ze hadden hun foto's meegenomen."

I was shaken with a mental revolution as I had never before known.
Ik werd geconfronteerd met een mentale omwenteling zoals ik die nog nooit eerder had meegemaakt.
I was now completely resolved to visit Mate Johansen in Oslo.
Ik was nu volledig vastbesloten om Mate Johansen in Oslo te bezoeken.
Sailing for London, I re-embarked at once for the Norwegian capital.
Ik voer naar Londen, maar ging meteen weer aan boord voor de reis naar de Noorse hoofdstad.
And one autumn day I landed at the wharves.
En op een herfstmiddag kwam ik aan bij de kade.

***

Johansen's hometown was in the shadow of the Egeberg.
Johansens geboorteplaats lag in de schaduw van de Egeberg.
I discovered he lived in the Old Town of King Harold Haardrada.
Ik ontdekte dat hij in de oude stad van koning Harold Haardrada woonde.
For centuries the greater city had masqueraded as "Christiania".
Eeuwenlang had de grotere stad zich voorgedaan als "Christiania".
King Harald Hardrada kept alive the name of Oslo.
Koning Harald Hardrada hield de naam Oslo in leven.
I made the brief trip to his residences by taxicab.
Ik heb de korte rit naar zijn woning per taxi gemaakt.
A neat and ancient building with plastered front.
Een net en oud gebouw met een gepleisterde voorgevel.
And I knocked with palpitant heart at the door.
En met een kloppend hart klopte ik op de deur.
A sad-faced woman in black answered my summons.

Een vrouw met een droevig gezicht, gekleed in zwart, beantwoordde mijn oproep.

I was stung with disappointment at the sight.

Ik was diep teleurgesteld toen ik het zag.

She told me in halting English that Gustaf Johansen was no more.

Ze vertelde me in gebrekkig Engels dat Gustaf Johansen niet meer leefde.

He had not long survived his return, said his wife.

Hij had zijn terugkeer niet lang overleefd, zei zijn vrouw.

The doings at sea in 1925 had broken him.

De gebeurtenissen op zee in 1925 hadden hem gebroken.

He had told her no more than he had told the public.

Hij had haar niet meer verteld dan wat hij aan het publiek had verteld.

But he had left a long manuscript of "technical matters".

Maar hij had een lang manuscript met "technische zaken" achtergelaten.

These notes of the voyage had been written in English.

Deze reisnotities waren in het Engels geschreven.

Evidently in order to safeguard her from the peril of casual perusal.

Kennelijk om haar te beschermen tegen het gevaar van ondoordacht lezen.

He had gone for a walk through a narrow lane near the Gothenburg dock.

Hij was een wandeling gaan maken door een smal straatje vlakbij de haven van Göteborg.

A bundle of papers falling from an attic window had knocked him down.

Een stapel papieren die uit een zolderraam was gevallen, had hem omvergeworpen.

Two Lascar sailors at once helped him to his feet.

Twee matrozen van Lascar hielpen hem onmiddellijk overeind.

But before the ambulance could reach him he was dead.

Maar voordat de ambulance hem kon bereiken, was hij al overleden.

The physicians found no adequate cause for his death.

De artsen vonden geen afdoende oorzaak voor zijn dood.

They mostly attributed his death to heart trouble.

Men schreef zijn dood voornamelijk toe aan hartproblemen.

But they added his weakened constitution most likely contributed.

Maar ze voegden eraan toe dat zijn verzwakte gestel daar waarschijnlijk aan heeft bijgedragen.

I now felt a deep gnawing at my vitals.

Ik voelde nu een diepe, knagende pijn in mijn ingewanden.

A dark terror which will never leave me till I, too, am at rest.

Een duistere angst die me nooit zal verlaten totdat ook ik rust heb gevonden.

Whether my death will come "accidentally" or not I can't tell.

Of mijn dood "per ongeluk" zal komen of niet, dat weet ik niet.

I spoke to the widow about her husband's work.

Ik sprak met de weduwe over het werk van haar man.

And I persuaded her I had a "technical" connection to him.

En ik heb haar ervan overtuigd dat ik een "technische" connectie met hem had.

So she felt I was sufficiently entitled to the manuscript.

Ze vond dus dat ik voldoende recht had op het manuscript.

And so I attained the dead man's writing.

En zo verkreeg ik het geschrift van de overledene.

I began to read the documents on the boat to London.

Ik begon de documenten te lezen op de boot naar Londen.

They were little more than simple, rambling notes.

Het waren weinig meer dan simpele, onsamenhangende aantekeningen.

A naive sailor's effort at a post-facto diary.

Een naïeve poging van een zeeman om achteraf een dagboek bij te houden.

He strove to recall that last awful voyage day by day.

Hij probeerde zich die laatste vreselijke reis dag voor dag te herinneren.

I cannot attempt to transcribe his notes verbatim.
Ik kan zijn aantekeningen niet woordelijk overschrijven.
The manuscript is clouded with vagueness and redundance.
Het manuscript is onduidelijk en bevat veel herhalingen.
But I will tell the gist of what he wrote.
Maar ik zal de kern van wat hij schreef weergeven.
Perhaps then you will understand why I stuffed my ears with cotton.
Misschien begrijp je dan waarom ik mijn oren met watten heb volgestopt.
The sound of the water against the vessel's sides became unendurable.
Het geluid van het water dat tegen de zijkanten van het schip sloeg, werd ondraaglijk.

***

Johansen, thank God, did not quite know what he had seen.
Johansen wist gelukkig niet precies wat hij had gezien.
But it is evident he had seen the city and the Thing.
Maar het is duidelijk dat hij de stad en het Ding had gezien.
I shall never sleep calmly again when I think of the horrors.
Ik zal nooit meer rustig slapen als ik aan die verschrikkingen denk.
The horrors that lurk ceaselessly behind life in time and space.
De verschrikkingen die onophoudelijk op de loer liggen achter het leven in tijd en ruimte.
Those unhallowed blasphemies that come from elder stars.
Die onheilige godslasteringen die afkomstig zijn van oeroude sterren.
Dreamers beneath the sea known only by a nightmare cult.
Dromers onder de zee, die alleen bekend zijn bij een nachtmerriecultus.
A cult ready and eager to release these monsters into the world.

Een sekte die klaarstaat en staat te popelen om deze monsters
op de wereld los te laten.

**Whenever another earthquake raises their monstrous stone
city again.**

Telkens wanneer een nieuwe aardbeving hun monsterlijke
stenen stad weer opblaast.

When Cthulhu is under the light of the sun once more.

Wanneer Cthulhu weer in het zonlicht staat.

**Johansen's voyage had begun just as he told it to the vice-
admiralty.**

Johansens reis was precies begonnen zoals hij het aan de vice-
admiraliteit had verteld.

**The Emma, in ballast, had cleared Auckland on February
20th.**

De Emma, in ballast, verliet Auckland op 20 februari.

**The ship had felt the full force of that earthquake-born
tempest.**

Het schip had de volle kracht van die door de aardbeving
veroorzaakte storm ondervonden.

The horrors from the sea-bottom that filled men's dreams.

De gruwelen van de zeebodem die de dromen van mannen
vulden.

**Once under control again the ship was making good
progress.**

Nadat het schip weer onder controle was, maakte het goede
vorderingen.

But then the ship was held up by the Alert on March 22nd.

Maar het schip werd vervolgens op 22 maart door de Alert
tegengehouden.

**I could feel the mate's regret as he wrote of her
bombardment and sinking.**

Ik voelde de spijt van de stuurman toen hij schreef over het
bombardement en de ondergang van het schip.

**Of the swarthy cult-fiends on the other boat he speaks with
horror.**

Over de donkere sekteleden op de andere boot spreekt hij met
afschuw.

There was some peculiarly abominable quality about them.
Ze hadden een merkwaardig afschuwelijke eigenschap.
Something made their destruction seem almost a duty.
Iets maakte dat hun vernietiging bijna een plicht leek.
This point was brought up during the proceedings of the court of inquiry.
Dit punt werd tijdens de hoorzittingen van de onderzoekscommissie aan de orde gesteld.
Johansen shows ingenuous wonder at the accusation of ruthlessness.
Johansen reageert met oprechte verbazing op de beschuldiging van meedogenloosheid.
Curiosity is what drove the men on in their captured yacht.
Nieuwsgierigheid was de drijfveer van de mannen in hun buitgemaakte jacht.
Sticking out of the sea the men sighted a great stone pillar.
De mannen zagen een grote stenen pilaar uit de zee steken.
In South Latitude 47° 9', West Longitude 126° 43' they come upon a coastline.
Op 47° 9' zuiderbreedte en 126° 43' westlengte komen ze bij een kustlijn.
The coastline was of mingled mud, ooze, and weedy Cyclopean masonry.
De kustlijn bestond uit een mengsel van modder, slijk en met onkruid begroeid cyclopisch metselwerk.
Nothing less than the tangible substance of earth's supreme terror.
Niets minder dan de tastbare essentie van de grootste angst op aarde.
They had come across the nightmare corpse-city of R'lyeh.
Ze waren terechtgekomen in de nachtmerrieachtige lijkenstad R'lyeh.
A city built in measureless eons behind history.
Een stad gebouwd in onmetelijke eeuwen, ver achter de geschiedenis.
Monuments to vast loathsome shapes that seeped down from the dark stars.

Monumenten voor enorme, weerzinwekkende gedaanten die uit de donkere sterren tevoorschijn kwamen.

There lay great Cthulhu and his hordes for incalculable cycles.

Daar lagen de machtige Cthulhu en zijn hordes gedurende ontelbare cycli.

Hidden in green slimy vaults, they sent out their thoughts.

Verborgen in groene, slijmerige gewelven, verstuurden ze hun gedachten.

The thoughts that spread fear to the dreams of the sensitive.

De gedachten die angst zaaien in de dromen van gevoelige mensen.

The thoughts that called imperiously to the faithful.

De gedachten die op dwingende wijze tot de gelovigen spraken.

"Come on a pilgrimage of liberation and restoration."

"Ga mee op een pelgrimstocht van bevrijding en herstel."

All this horror Johansen had no way of suspecting.

Johansen had al deze verschrikkingen onmogelijk kunnen vermoeden.

But God knows he had soon seen enough!

Maar God weet dat hij al snel genoeg had gezien!

I suppose what they saw was only a single mountain-top.

Ik neem aan dat ze slechts één bergtop hebben gezien.

Soon the rest of the city emerged from the waters.

Al snel kwam de rest van de stad uit het water tevoorschijn.

The hideous monolith-crowned citadel where great Cthulhu was buried.

De afzichtelijke, met een monoliet bekroonde citadel waar de grote Cthulhu begraven lag.

I shudder to think of all that may be brooding down there.

Ik huiver bij de gedachte aan alles wat daar beneden zou kunnen broeden.

And I almost wish to kill myself to stop these thoughts.

En ik zou mezelf bijna willen doden om een einde te maken aan deze gedachten.

Johansen and his men were awed by the cosmic majesty.

Johansen en zijn mannen waren diep onder de indruk van de kosmische pracht.

They beheld the sight of this dripping Babylon of elder demons.

Ze aanschouwden het schouwspel van dit druipende Babylon, bevolkt door oeroude demonen.

They must have guessed without guidance what it was they saw.

Ze moeten zonder enige aanwijzing hebben kunnen raden wat ze zagen.

What they saw was nothing of this or of any sane planet.

Wat ze zagen, had niets te maken met dit of met welke andere normale planeet dan ook.

The unbelievable size of the greenish stone blocks.

De ongelooflijke afmetingen van de groenachtige steenblokken.

The dizzying height of the great carven monolith.

De duizelingwekkende hoogte van de grote, uit hout gehouwen monoliet.

And then there was the bas-reliefs found on the captured ship.

En dan waren er nog de bas-reliëfs die op het buitgemaakte schip werden gevonden.

The colossal statues mirrored the scene on the carvings.

De kolossale beelden weerspiegelden de scène op de houtsnijwerken.

Johansen achieved something very close to futurism.

Johansen heeft iets bereikt dat zeer dicht bij het futurisme komt.

Because he did not describe any definite structure or building.

Omdat hij geen concrete structuur of gebouw beschreef.

He dwelled on the broad impressions of vast angles and stone surfaces.

Hij bleef stilstaan bij de brede indrukken van immense hoeken
en stenen oppervlakken.
**Surfaces too great to belong to anything right or proper for
this earth.**
Oppervlakten die te groot zijn om bij iets te horen dat juist of
gepast is voor deze aarde.
Surfaces impious with horrible images and hieroglyphs.
Oppervlakken die goddeloos zijn, met afschuwelijke
afbeeldingen en hiërogliefen.
There is a reason I mention his talk about angles.
Er is een reden waarom ik zijn opmerkingen over hoeken
noem.
**It reminds me of something Wilcox had told me of his awful
dreams.**
Het doet me denken aan iets wat Wilcox me vertelde over zijn
vreselijke dromen.
**He had said that the geometry of the dream-place he saw
was abnormal.**
Hij had gezegd dat de geometrie van de droomwereld die hij
zag, abnormaal was.
Non-Euclidean spheres unlike anything here on earth.
Niet-Euclidische bollen, anders dan alles wat we hier op aarde
kennen.
Loathsomely redolent dimensions completely unlike ours.
Walgelijk geurende dimensies die totaal anders zijn dan de
onze.
Now a seaman was describing the exact same thing.
Nu beschreef een zeeman precies hetzelfde.
They bad both had the same terrible glimpse of this reality.
Ze hadden allebei diezelfde afschuwelijke glimp van die
realiteit opgevangen.
Johansen and his men landed at a sloping mud-bank.
Johansen en zijn mannen landden op een hellende
modderbank.
And they looked up at this monstrous Acropolis.
En ze keken op naar deze monsterlijke Akropolis.
They clambered slippery up over titan oozy blocks.

Ze klauterden glibberig omhoog over gigantische, slijmerige blokken.

Blocks which could have been no mortal staircase.

Blokken die onmogelijk een sterfelijke trap hadden kunnen zijn.

The very sun of heaven seemed distorted in this mist.

Zelfs de zon aan de hemel leek vervormd in deze mist.

A polarizing miasma welling out from this sea-soaked perversion.

Een polariserende nevel die opwelt uit deze door de zee doordrenkte perversie.

Twisted menace and suspense lurked in those elusive rocks.

In die ongrijpbare rotsen schuilde een duistere, dreigende sfeer vol spanning.

A second glance showed concavity where the first showed convexity.

Bij een tweede blik bleek er sprake te zijn van een holte waar de eerste een bolling aangaf.

Something very like fright had come over all the explorers.

Iets wat sterk op angst leek, had alle ontdekkingsreizigers overvallen.

Each man would have fled had he not feared the scorn of the others.

Ieder van hen zou zijn gevlucht als hij niet bang was geweest voor de minachting van de anderen.

And it was only half-heartedly that they vainly searched.

En ze zochten slechts halfslachtig, maar tevergeefs.

They were looking for some portable souvenir to bear away.

Ze waren op zoek naar een draagbaar souvenir om mee te nemen.

It was Rodriguez, the Portuguese, who climbed up the foot of the monolith.

Het was Rodriguez, de Portugees, die de voet van de monoliet beklom.

From there he shouted of what he had found.

Van daaruit schreeuwde hij wat hij had gevonden.

The rest followed him to the foot of the monolith.

De anderen volgden hem tot aan de voet van de monoliet.

They looked curiously at the immense door in front of them.

Ze keken vol verwondering naar de immense deur voor hen.

The now familiar squid-dragon was carved on the door.

De inmiddels bekende inktvisdraak was in de deur gebeiteld.

It was, Johansen said, like a great barn-door.

Het was, zei Johansen, als een enorme schuurdeur.

Although they said it only gave the impression of a door.

Hoewel ze zeiden dat het slechts de indruk van een deur gaf.

They could not decide if the door lay flat like a trap-door.

Ze konden niet beslissen of de deur plat lag, zoals een valluik.

Or maybe the opening was slanted like an outside cellar-door.

Of misschien was de opening schuin, zoals een kelderdeur aan de buitenkant.

As Wilcox would have said, the geometry of the place was all wrong.

Zoals Wilcox zou hebben gezegd, klopte de geometrie van de plek helemaal niet.

One could not be sure that the sea and the ground were horizontal.

Men kon er niet zeker van zijn dat de zee en het land horizontaal lagen.

Hence the relative position of everything else seemed phantasmally variable.

Daardoor leek de relatieve positie van al het andere op een spookachtige manier veranderlijk.

Briden pushed at the stone in several places, without result.

Briden duwde op verschillende plaatsen tegen de steen, maar zonder resultaat.

Then Donovan felt delicately over around the edge of the door.

Vervolgens tastte Donovan voorzichtig langs de rand van de deur.

He climbed interminably along the grotesque stone molding.

Hij klom eindeloos omhoog langs de groteske stenen lijst.

Although, if you could really call it climbing is debatable.
Of je het wel echt klimmen kunt noemen, valt echter te
betwisten.
Perhaps the door was more horizontal than vertical.
Misschien was de deur meer horizontaal dan verticaal.
**And the men wondered how any door in the universe could
be so vast.**
En de mannen vroegen zich af hoe een deur in het universum
zo enorm groot kon zijn.
Then, very softly and slowly, something began to happen.
Toen begon er, heel zachtjes en langzaam, iets te gebeuren.
The acre-great panel began to give inward at the top.
Het enorme paneel begon aan de bovenkant naar binnen te
buigen.
And they saw that the door had balanced itself.
En ze zagen dat de deur zichzelf in evenwicht had gebracht.

***

Donovan somehow propelled himself back along the jamb.
Donovan wist zich op de een of andere manier langs de
deurpost weer naar achteren te bewegen.
**And everyone watched the queer recession of the
monstrously carven portal.**
En iedereen keek toe hoe het monsterlijk uitgehouwen portaal
op een vreemde manier verdween.
**In this fantasy of prismatic distortion it moved anomalously
in a diagonal way.**
In deze fantasie van prismatische vervorming bewoog het zich
op een afwijkende, diagonale manier.
All the rules of matter and perspective seemed confused.
Alle wetten van materie en perspectief leken verward.
The aperture was black with a darkness almost material.
De opening was zwart, met een donkere, bijna materiële
uitstraling.
That tenebrousness was indeed a positive quality.
Die duistere uitstraling was juist een positieve eigenschap.

The men were spared from seeing the inner walls.

De mannen hoefden de binnenmuren niet te zien.

The darkness burst forth like smoke from its eon-long imprisonment.

De duisternis barstte als rook uit haar eeuwenlange gevangenschap.

The sun was visibly darkened by flapping membranous wings.

De zon werd zichtbaar verduisterd door de fladderende, vliesachtige vleugels.

And the shadow slunk away into the shrunken and gibbous sky.

En de schaduw verdween in de gekrompen, ijle hemel.

The odor arising from the newly opened depths was intolerable.

De stank die opsteeg uit de pas ontdekte diepten was ondraaglijk.

The quick-eared Hawkins thought he heard a nasty, slopping sound.

Hawkins, die goed kon horen, meende een vies, klotsend geluid te horen.

His ears were confirmed when It lumbered slobberingly into sight.

Zijn vermoeden werd bevestigd toen het kwijlend en waggelend in beeld verscheen.

Its gelatinous green immensity groped through the black hall.

De gelatineachtige, groene onmetelijkheid tastte zich een weg door de zwarte hal.

And Its ooze and smell squeezed through the angled door.

En het slijm en de geur ervan drongen door de schuine deur naar binnen.

The Thing went into the tainted air of that poison city of madness.

Het Wezen daalde af in de vergiftigde atmosfeer van die giftige stad der waanzin.

Poor Johansen's handwriting almost gave out when he wrote of this.

Het handschrift van de arme Johansen was bijna onleesbaar toen hij dit schreef.

He thinks two men perished of pure fright in that accursed instant.

Hij denkt dat twee mannen op dat vervloekte moment door pure schrik om het leven zijn gekomen.

The Thing cannot be described with our language.

Het Ding laat zich niet beschrijven met onze taal.

There are no words for such abysms of shrieking and immemorial lunacy.

Er bestaan geen woorden voor zulke afgronden van gegil en oeroude waanzin.

Eldritch contradictions of all matter, force, and cosmic order.

Duistere tegenstrijdigheden van alle materie, kracht en kosmische orde.

A mountain that walked and stumbled on the earth. God!

Een berg die over de aarde wandelde en struikelde. God!

No wonder that across the earth a great architect went mad.

Geen wonder dat aan de andere kant van de wereld een groot architect gek werd.

No wonder poor Wilcox raved with fever in that telepathic instant.

Geen wonder dat de arme Wilcox op dat telepathische moment koortsachtig tekeerging.

The green, sticky spawn of the stars, was walking the earth.

Het groene, kleverige nageslacht van de sterren liep over de aarde.

The Thing of the idols had awaked to claim his own.

Het Wezen der afgoden was ontwaakt om zijn eigendom op te eisen.

The stars were aligned again, as was predicted.

De sterren stonden weer gunstig, zoals voorspeld.

An age-old cult had failed in their duties.

Een eeuwenoude sekte had gefaald in haar plichten.

And a band of innocent sailors fulfilled their role by accident.

En een groep onschuldige zeelieden vervulde hun rol bij toeval.

After vigintillions of years great Cthulhu was loose again.

Na triljoenen jaren was de machtige Cthulhu weer losgebroken.

And now great Cthulhu was ravening for delight.

En nu verlangde de machtige Cthulhu naar genot.

Three men were swept up by the flabby claws before anybody turned.

Voordat iemand zich kon omdraaien, werden drie mannen door de slappe klauwen meegesleurd.

God rest them, if there be any rest in the universe.

Moge God hen rust geven, als er al rust bestaat in het universum.

Let it be known that their names were Donovan, Guerrera and Angstrom.

Voor het geval dat bekend werd dat hun namen Donovan, Guerrera en Angstrom waren.

Parker slipped as he was trying to make his escape.

Parker gleed uit toen hij probeerde te ontsnappen.

The other three were plunging frenziedly back to the boat.

De andere drie stortten zich halsoverkop terug naar de boot.

They ran over endless vistas of green-crusted rock.

Ze renden over eindeloze vergezichten van met groene korst bedekte rotsen.

Johansen swears he was swallowed up by an angle of masonry.

Johansen zweert dat hij werd opgeslokt door een hoek van metselwerk.

An angle which shouldn't have been there.

Een hoek die er niet had mogen zijn.

An angle which was acute, but behaved as if it were obtuse.

Een hoek die scherp was, maar zich gedroeg alsof hij stomp was.

Only Briden and Johansen made it back to the boat.

Alleen Briden en Johansen wisten terug te keren naar de boot.

The two men had a moment of good fortune.

De twee mannen hadden een moment van geluk.

The mountainous monstrosity flopped down on the slimy stones.

Het gigantische gevaarte plofte neer op de glibberige stenen.

And the beast hesitated floundering at the edge of the water.

En het beest aarzelde en spartelde aan de waterkant.

The steam boat had not entirely run out of hot coals.

De stoomboot had nog niet helemaal geen gloeiende kolen meer.

Despite the departure of all men for the shore.

Ondanks het feit dat alle mannen naar de kust vertrokken.

Feverishly the two men rushed up and down between wheels.

De twee mannen renden koortsachtig op en neer tussen de wielen.

It was the work of only a few moments to get the engine going.

Het kostte slechts enkele ogenblikken om de motor aan de praat te krijgen.

Amidst the distorted horrors of that indescribable scene.

Temidden van de verwrongen gruwelen van die onbeschrijfelijke scène.

Slowly their boat began to churn the lethal waters beneath her.

Langzaam begon hun boot de verraderlijke wateren onder haar te beroeren.

And they moved along the masonry of that charnel shore.

En ze bewogen zich langs het metselwerk van die lugubere kust.

That strange coastline that was not from this world.

Die vreemde kustlijn, die niet van deze wereld leek te zijn.

***

The titan Thing from the stars slavered and gibbered.

Het gigantische wezen uit de sterren kwijlde en brabbelde.

Like Polypheme cursing the fleeing ship of Odysseus.

Net zoals Polyphemus het vluchtende schip van Odysseus vervloekte.

Then great Cthulhu slid greasily into the water.

Toen gleed de grote Cthulhu glibberig het water in.

Bolder and more daring than the storied Cyclops.

Stoerder en gewaagder dan de legendarische Cycloop.

Cthulhu pursued them through the water with cosmic movement.

Cthulhu achtervolgde hen door het water met kosmische bewegingen.

Briden looked back from the ship and started laughing shrilly.

Briden keek vanaf het schip achterom en begon schel te lachen.

From that moment Briden continued laughing at odd intervals.

Vanaf dat moment bleef Briden met onregelmatige tussenpozen lachen.

But Johansen had not given up yet.

Maar Johansen had de hoop nog niet opgegeven.

He knew his ship had no chance of outpacing the thing.

Hij wist dat zijn schip geen schijn van kans had om het ding voorbij te streven.

So he resolved on taking a desperate chance.

Daarom besloot hij een wanhopige gok te wagen.

He loaded the furnace and set the engine for full speed.

Hij laadde de oven en zette de motor op volle snelheid.

And then he ran lightning-like on deck and reversed the wheel.

En toen rende hij als een bliksemflits naar het dek en zette het roer in de achteruit.

There was a mighty eddying and foaming in the noisome brine.

Er ontstond een enorme kolk en schuimvorming in het stinkende pekelwater.

The steam mounted higher and higher into the sky.

De stoom steeg steeds hoger de lucht in.

And the brave Norwegian reversed the course of the chase.

En de dappere Noor keerde het tij van de achtervolging.

Before him rose the unclean froth like the stern of a demon galleon.

Voor hem rees het onreine schuim op als de achtersteven van een demonisch galjoen.

He drove his vessel head on against the pursuing jelly.

Hij stuurde zijn schip frontaal op de achtervolgende gelei af.

The awful squid-head came nearly up to the yacht's bowsprit.

De afschuwelijke inktviskop reikte bijna tot aan de boegspriet van het jacht.

But Johansen drove on relentlessly against the writhing feelers.

Maar Johansen zette onverminderd door, ondanks de kronkelende voelsprieten.

There was a bursting as of an exploding bladder.

Het klonk alsof een blaas barstte.

There was a slushy nastiness as of a cloven sunfish.

Er was een slijmerige, smerige substantie, zoals die van een gespleten maanvis.

There was a stench as of a thousand opened graves.

Er hing een stank alsof er duizend graven waren opengebroken.

And there was a sound the chronicler did not put on paper.

En er was een geluid dat de kroniekschrijver niet op papier heeft gezet.

For an instant the ship was befouled by an acrid cloud.

Een ogenblik lang werd het schip gehuld in een scherpe, onaangename wolk.

The green cloud blinded Johansen and the mad man.

De groene wolk verblindde Johansen en de gek.

And then there was only a venomous seething astern.

En toen was er alleen nog maar een venijnig, kolkend geluid achterin.

But God in heaven! What the two men saw next;
Maar God in de hemel! Wat de twee mannen vervolgens
zagen;
The scattered plasticity of that nameless sky-spawn.
De verspreide plasticiteit van dat naamloze hemelwezen.
The injured thing was nebulously recombining.
Het beschadigde object was op onduidelijke wijze aan het
recombineren.
Soon Cthulhu would be back in its hateful original form.
Binnenkort zou Cthulhu terugkeren in zijn afschuwelijke
oorspronkelijke vorm.
But their distance was widening with every second.
Maar de afstand tussen hen werd met elke seconde groter.
The ship was gaining impetus from its mounting steam.
Het schip kreeg steeds meer vaart door de toenemende stoom.
And eventually the cursed city was over the horizon.
En uiteindelijk verdween de vervloekte stad aan de horizon.

***

He did not try to navigate after their lucky escape.
Hij probeerde na hun gelukkige ontsnapping niet meer te
navigeren.
His reaction had taken something out of his soul.
Zijn reactie had iets uit zijn ziel gerukt.
He spent his time brooding over the idol in the cabin.
Hij bracht zijn tijd door met peinzen over het beeld in de hut.
He looked after the laughing maniac in the boat.
Hij ontfermde zich over de lachende maniak in de boot.
And he attended to a few matters such as food.
En hij hield zich bezig met een paar zaken, zoals eten.
Then came the storm of April 2nd.
Toen kwam de storm van 2 april.
On that day clouds gathered over his consciousness.
Die dag pakten zich wolken samen boven zijn bewustzijn.
There is a sense of pure and refined delirium.
Er heerst een gevoel van pure en verfijnde waanzin.

Spectral whirling through liquid gulfs of infinity.
Spectrale wervelingen door vloeibare afgronden van
oneindigheid.
Dizzying rides through reeling universes on a comet's tail.
Duizelingwekkende reizen door wervelende universums op
de staart van een komeet.
Hysterical plunges from the pit to the moon.
Hysterische duiken van de bodem naar de maan.
And he plunged back again from the moon to the pit.
En hij stortte zich opnieuw van de maan terug in de afgrond.
A cachinnating chorus of the distorted, hilarious elder gods.
Een kakelend koor van de vervormde, hilarische oergoden.
And the green bat-winged mocking imps of Tartarus.
En de groene, vleermuisvleugelige spottende duiveltjes van
Tartarus.
Out of that dream came rescue; the ship Vigilant.
Uit die droom kwam de redding voort: het schip Vigilant.
The vice-admiralty court and the streets of Dunedin.
Het vice-admiraliteitshof en de straten van Dunedin.
The long voyage back home to the old house by the Egeberg.
De lange reis terug naar huis, naar het oude huis bij de
Egeberg.
He could not tell anyone of what he had seen.
Hij kon aan niemand vertellen wat hij had gezien.
**Had he told the truth they would have thought he had gone
mad.**
Als hij de waarheid had verteld, zouden ze gedacht hebben
dat hij gek geworden was.
So he secretly wrote of what he knew before death came.
Dus schreef hij in het geheim op wat hij wist voordat de dood
hem overviel.
**"Death would be a boon if only it could blot out the
memories."**
"De dood zou een zegen zijn als hij de herinneringen maar kon
uitwissen."
That was the document Johansen left behind.
Dat was het document dat Johansen achterliet.

And now I have placed this document in the tin box.
En nu heb ik dit document in het blikken doosje geplaatst.
In the box is also the dream carved bas-relief.
In de doos bevindt zich ook het gebeeldhouwde bas-reliëf van
de droom.
And I have included the papers of Professor Angell.
En ik heb de documenten van professor Angell toegevoegd.
With this box shall go this record of mine.
In deze doos zit ook mijn archief.
These notes have become a test of my own sanity.
Deze aantekeningen zijn een test geworden voor mijn eigen
geestelijke gezondheid.
**But I hope my discoveries are never be pieced together
again.**
Maar ik hoop dat mijn ontdekkingen nooit meer op dezelfde
manier aan elkaar gekoppeld hoeven te worden.
**I have looked upon all that the universe has to hold of
horror.**
Ik heb alles aan gruwel gezien wat het universum te bieden
heeft.
But now even the skies of spring are darkness to me.
Maar nu is zelfs de lentehemel voor mij donker.
Even the flowers of summer are forever poison to me.
Zelfs de zomerbloemen zijn voor mij altijd giftig.
But I do not think my life will be long.
Maar ik denk niet dat ik lang zal leven.
As my uncle went, so shall my end come.
Zoals mijn oom is heengegaan, zo zal ook mijn einde komen.
As poor Johansen went, so shall my time come.
Zoals de arme Johansen is heengegaan, zo zal mijn tijd komen.
I know too much, and the cult still lives.
Ik weet te veel, en de sekte bestaat nog steeds.
Cthulhu still lives, too, I can only suppose.
Cthulhu leeft vast nog wel, neem ik aan.
I assume Cthulhu is again in that chasm of stone.
Ik neem aan dat Cthulhu zich weer in die stenen kloof
bevindt.

The city which has shielded him since the sun was young.
De stad die hem al sinds de vroege zon beschermde.
I know his accursed city is sunken once more.
Ik weet dat zijn vervloekte stad opnieuw is verzonken.
The crew of the Vigilant sailed over the spot after the April storm.
De bemanning van de Vigilant voer na de storm in april over de plek heen.
But his ministers on earth still worship his return.
Maar zijn dienaren op aarde vereren zijn wederkomst nog steeds.
In lonely places they congregate around their idol.
Op afgelegen plekken verzamelen ze zich rond hun idool.
And they bellow and prance and slay in satanic ritual.
En ze brullen, huppelen en slachten in satanische rituelen.
He must have been trapped by the sinking of his black abyss.
Hij moet gevangen zijn geraakt in de diepte van zijn zwarte afgrond.
Or else the world would by now be screaming with fright and frenzy.
Anders zou de wereld nu wel in paniek en paniek verkeren.
Who knows how the end will come about?
Wie weet hoe het einde zal komen?
What has risen may sink, and what has sunk may rise.
Wat gestegen is, kan weer dalen, en wat gedaald is, kan weer stijgen.
Loathsomeness waits and dreams in the deep.
Afschuwelijkheid loert en droomt in de diepte.
And decay spreads over the tottering cities of men.
En het verval breidt zich uit over de wankelende steden der mensen.
A time will come where that city rises out the sea again.
Er komt een tijd dat die stad weer uit de zee zal oprijzen.
But I must not think about when that day will come!
Maar ik mag er niet aan denken wanneer die dag zal aanbreken!

I have one prayer if this manuscript outlives me.
Ik heb één wens, mocht dit manuscript mij overleven.
I pray my executors put caution before audacity.
Ik bid dat mijn executeurs de voorzichtigheid boven de overmoed stellen.
I pray this manuscript meets no other eyes.
Ik hoop dat dit manuscript door niemand anders gelezen wordt.

***

Found among the papers of the late Francis Wayland Thurston, of Boston.
Gevonden tussen de papieren van wijlen Francis Wayland Thurston uit Boston.

www.ingramcontent.com/pod-product-compliance
Lightning Source LLC
Chambersburg PA
CBHW010438170726
48283CB00011B/3276